KB056081

스물 말입니다

스물 말입니다

초판 1쇄 발행 2020년 8월 7일

지은이 박지우
펴낸이 이기봉
편집 좋은땅 편집팀
펴낸곳 도서출판 좋은땅
주소 서울 마포구 성지길 25 보광빌딩 2층
전화 02)374-8616~7
팩스 02)374-8614
이메일 gworldbook@naver.com
홈페이지 www.g-world.co.kr

ISBN 979-11-6536-666-7 (03810)

- 가격은 뒤표지에 있습니다.

- 파본은 구입하신 서점에서 교환해 드립니다.

이 도서의 국립중앙도서관 출판예정도서목록(CIP)은 서지정보유통지원시스템 홈페이지(http://seoji.nl.go.kr)와 국가자료공동목록시스템(http://www.nl.go.kr/kolisnet)에서 이용하실 수 있습니다. (CIP제어번호 : CIP2020031858)

스물 말입니다

박지우 지음

좋은땅

추천사

내가 만일 스무 살이라면 어떨까? 젊은 나이라고 환호하기보다는, 앞으로 살아갈 일이 녹록지 않음에 고민이 깊을듯하다.

이 책은 20대 청년 여덟 명의 진솔한 이야기가 담긴 인터뷰집이다. 이들은 각자 자신들이 어떻게 살아왔는지, 현재 걱정과 고민, 이루고 싶은 가치가 무엇인지 말하고 있다. 자연스러운 구어체 문장과 사진은 독자들에게 20대의 생생한 목소리를 들려준다.

20대들의 생생한 이야기는 많은 생각거리를 던져준다. 자신의 관심사가 바뀔 때마다 그걸 물 흐르듯이 내버려 두고 본인들의 욕심을 투영하지 않은 부모님에게 고마움을 전하는 목소리가 있는가 하면, 눈에 보이는 성공만을 중요하게 여기는 어른들을 향한 쓴소리도 있다. 기성세대가 본인의 실패 경험을 근거로 청년들의 새로운 시도를 막는 것은 젊은 세대의 가능성과 기회를 함부로 박탈하는 것과 같다고 목소리를 높인다.

요즘 다시 '꼰대'라는 말이 유행이다. 이제 '꼰대'는 단순히 나이 많은 사람을 지칭하기보다는 자신이 항상 옳다고 생각하고, 자기의 사고방식을 타인에게 강요하는 경향이 있는 모든 사람으로 확대되었다. 내 아이 혹은 학생이 염려되어 애정을 가지고 충고와 조언을 하더라도 듣는 이가 강요 받는 느낌이 든다면 바로 '꼰대'가 된다. 지금 20대는 잔소리하는 '꼰대'보다는 공감해 줄 어른을 원한다. 이 책은 '꼰대' 소리를 듣고 싶지 않은 젊은 자녀를 둔 부모들이나 학생을 지도하는 선생님들에게 많은 도움을 줄 것이다.

자신들의 이야기를 들려준 8명의 젊은이는 물론, 스무 살이 갓 지나서 이렇게 훌륭한 책을 기획하고 엮어 낸 박지우 님이 자랑스럽다.

성공회대학교 총장 김기석

프롤로그

세대갈등에 대한 문제의식에서 시작해 갈등해결 노력의 한 일환으로 20대를 소개하는 이 책을 만들게 되었다. 보다 친근하고 진정성 있는 접근을 위해 '20대'의 특징을 나열하지 않고 '20대 개인들' 각자의 구체적 삶의 현장을 담았다. 지금 책 속에선 각기 다른 8명의 주인공이 자신의 지나온 삶, 현재의 생각과 고민, 꿈꾸는 사회와 이루고 싶은 가치에 대해 이야기하고 있다. 책을 펼친다고 해서 20대를 알게 되지는 않을 것이다. 대신 이들 각자를 이해하고 받아들이는 소중한 경험을 하게 될 것이다. 나와 다른 존재로서 나와 같은 세상을 살아가는 알 수 없던 자들과의 소통에 자그마한 도움이 되길 바란다.

2020년 7월

박지우

차례

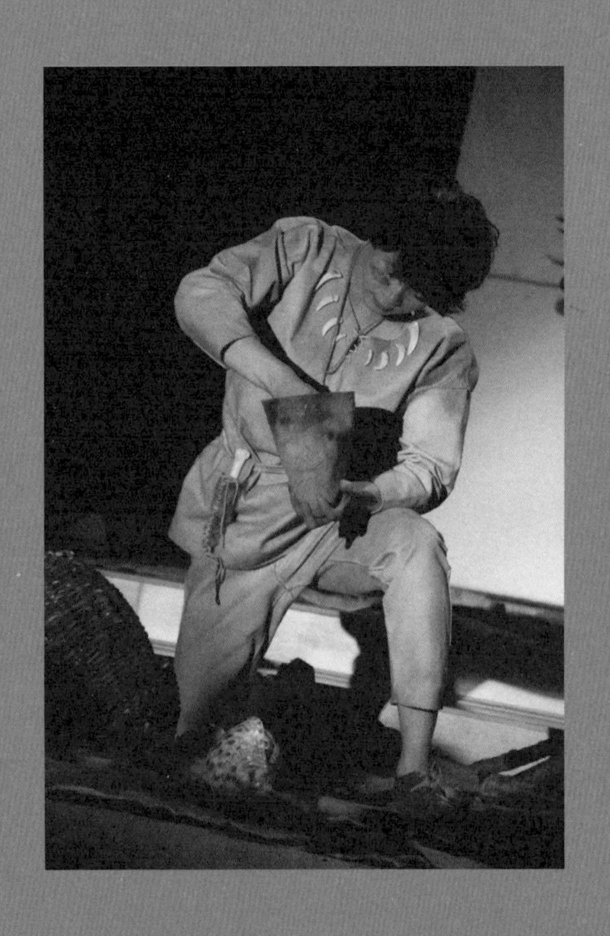

이소운

자연을 자세히 관찰해 보면 잎사귀 무늬도 그렇고 꽃도 그렇고 자세히 볼수록 그게 너무 아름답고 너무 완성적이고 너무 균형적인 거예요. 그런 것들과 계속 연결을 가지다 보면 세상이 너무 아름답다는 감정이 들어요. 그게 너무 감사해요. 왜냐하면 아무튼 '나'라는 사람이, '나'라는 존재가 세상에 살고 있는데, 내가 살고 있는 이 세상에는 어둠도 정말 많고 고통도 정말 많고 사람들의 안 좋은 면도 정말 많아요. 그런데 그래도 그만큼의 빛이 있고 그만큼의 아름다운 면들이 있고 내가 원한다면 그것들에 빠질 수 있는 환경이잖아요. 그리고 그런 걸 사람들과 나눌 수 있잖아요. 그게 제일 감사해요.

안녕하세요 소운 씨, 간단한 자기소개 부탁드려요.

네, 안녕하세요. 저는 이소운이고요 핸드팬이라는 악기를 연주하고 나무를 깎아서 쏘는 활을 만듭니다. 사람들의 영혼에 닿을 수 있는 음악을 연주하는 것, 야생에서 돌고래와 함께 수영하는 것이 꿈입니다.

소운 씨의 인생 스토리를 듣고 싶어요.

저의 인생에 있어서 가장 큰 두 가지 테마를 뽑자면 첫 번째는 선사시대를 재현하는 것이고요, 두 번째는 핸드팬이라고 하는 악기예요. 제 인생은 그렇게 두 가지로 나눠서 이야기할 수 있을 것 같은데 먼저 선사시대 이야기부터 해 볼게요.

저는 어렸을 때부터 자연으로 회귀하고자 하는 본능이 있었어요.

틈만 나면 숲에 가서 나무 깎고 놀고 움집 짓고 놀고 그랬거든요. '야생에서 뛰어 놀고 싶다', '자연인이 되고 싶다' 이런 게 있었어요. 그러다가 중학교 때 한 번 나뭇가지에 줄을 걸어서 활 같은 장난감을 만들어 놀게 됐는데 그게 시작이었어요. 활 만드는 게 너무 재미있는 거예요. 자연에서 내 손으로 무언가를 얻어서 무언가를 만들어 낸다는 것 자체가 너무 좋더라고요. 그래서 더 좋은 장난감 활을 만들고 싶어서 인터넷 커뮤니티에 가입해서 활 만드는 방법들을 알아보면서 적용을 하기 시작했어요. 그랬더니 이제 그냥 나뭇가지가 아닌 대나무로 만든 활로 조금 발전을 한 거예요. 그다음부터는 완전히 매료되어서 더 깊이 공부를 하면서 계속 활만 만들었어요.

나중에는 부모님도 제 열정을 인정해 주셔서 10평 정도 되는 방을 저한테 작업하라고 주셨는데 그게 처음부터 이뤄진 건 아니에요. 처음에는 그냥 마당에 앉아서 매일 나무만 깎았어요. 공구도 특별한 거 하나 없이 원래 집에 있는 나사랑 망치 이런 것들만 가지고 엄청 열악한 조건에서 계속 만들었거든요. 그러니까 부모님도 약간 감동을 받으셨는지 그다음부터 공구도 조금씩 사주시고 마당에 작은 공간도 내주시면서 마음대로 쓸 수 있게 해 주시더라고요. 그런데 제가 거기서도 멈추지 않으니까 그다음에는 집 옥상에 천막을 치고 작업할 수 있게 해 주셨어요. 옥상에서도 제가 거의 하루 종일 작업을 했는데 비가 새고 이러니까 결국 마지막으로 부모님이 저의 열정을 인정해 주셔서 집 안에 공간을 내주셨어요. 그때 주택에 살았었는데 집 환경이 좀 특별했거든요. 부모님이 두 분 다 예술가셔서 주택에 스튜디오랑 집이 같이 있어요. 엄마가 화가이신데 엄마의 작업실 하나를 내주신 거예요.

음… 다시 잠깐 어린 시절 이야기를 하자면 제가 원래 태어난 곳은 독일 베를린이에요. 부모님이 독일 유학 중에 만나셔서 독일에서 저를 낳으셨거든요. 근데 제가 태어나자마자 한국으로 왔어요. 한국에 와서 유치원 다니고 초등학교를 다니는데 제가 초등학교 다니는 걸 엄청 싫어했어요. 학교라는 공간 자체가 저는 너무 싫은 거예요. 가면 맨날 억지로 앉아서 하기 싫은 거 이거 저거 다 해야 되고 선생님한테 혼나고 그러니까 맨날 꾀병 부리면서 학교를 안 갔어요.

그런데 이건 저는 기억을 못하는 부모님께서 해 주신 얘기인데, TV에 어떤 다큐멘터리가 나왔는데 그게 제가 태어났던 독일 베를린에 있는 자율학교에 대한 이야기였대요. 근데 그 다큐멘터리에서 아이들이 막 자연 속에서 자유롭게 뛰어놀고 있는데 제가 그걸 보고 펑펑 울었다는 거예요. 왜 한국에 왔냐고, 독일에 계속 있었으면 저 학교에 다니면 되는데 이러면서. 그래서 부모님이 그때 마음이 동하셔서 집 근처에 있는 대안학교를 찾아서 거기에 보내 주셨대요.

'하나인학교'라고 초중등대안학교였는데, 엄청 좋았어요. 거기도 자연 속에 있어서 제가 마음대로 뛰어다니고 오디도 따먹고 흙도 파고 목공소에서 이것저것도 만들고 그랬거든요. 물론 공부도 시킨 학교였지만요. 근데 대안학교가 원래 상황이 계속 바뀌어요. 국가에서 지원을 안 해 주고 학교 자체예산만으로 운영되기 때문에 운영하다가 문을 닫는 경우가 많거든요. 제가 다닌 학교도 마찬가지로 사정이 안 좋아져서 저도 4학년 때 들어갔다가 결국 졸업까지 못하고 학교를 나왔어요. 중학교 2학년 때요. 그래서 1년 동안 휴지기를 가진 후에 고등학교를 들어갔죠. 고등학교도 마음에 드는 대안학교를 찾아서 들어갔어요.

제가 중학교 때 학교에서 공부를 웬만하면 하긴 했는데 진짜 하기 싫은 건 절대 안 했거든요. 근데 활을 만들면서 오히려 공부를 하게 된 거예요. 활을 만들려다 보니까 국내 자료는 너무 제한적이라서 결국 깊이 있게 공부하려면 외국 커뮤니티에 가입해서 거기 게시물들을 읽어야 됐거든요. 그러다 보니까 자연스럽게 매일 영어 공부를 하게 됐어요. 또 외국 장인들 만났을 때 대화를 잘하려고 더 노력한 것도 있고요.

장인들을 직접 만났어요?

네, 이번 여름방학에도 독일 장인들 집에 가서 작업하는 것도 보고 같이 만들기도 하면서 많이 배우고 왔어요. 활 만드는 사람들이 외국에 더 많거든요. 우리나라에는 별로 없어요.

그리고 제가 나무에 대한 공부도 엄청 많이 했어요. 나무를 직접 채취해서 활을 만들려면 산에 가서 눈으로만 보고 이게 무슨 나무인지 알아야 하거든요. 어떤 목재가 좋은 목재인지도 알아야 하고. 처음에는 정말 막막했어요. '어떻게 나무를 보기만 하고 알아…' 이랬는데 그다음부터 맨날 나무 도감 들고 산이랑 숲을 막 헤집고 다니면서 '아 이거 무슨 나무인가 보다' 하면서 잘라 보고 깎아 보고 그러니까 감각이 생기더라고요. 그렇게 몇 년을 하니까 알아볼 수 있는 나무도 훨씬 많아졌고요.

저는 뭔가 하나에 꽂히면 하루 종일 그 생각만 할 정도로 엄청나게 깊게 파고들거든요. 활도 그랬어요. 어떻게 그렇게 할 수 있었는지는 모르겠는데 여름에도 그랬고 겨울에도 그랬고 티셔츠가 땀으로 완전히 젖을 때까지 도끼질을 했어요. 근데 그렇게 계속 활을 만들다 보니까 전곡선사박물관이라고 우리나라에 선사시대를 전시하는 박물관이 있는데 거기 관장님 눈에 제가 띈 거예요. 관장님이 저를 보시고 저한테 도움을 주고 싶다고 생각하셨나 봐요. 박물관에서 저를 많이 활용하겠다고 하시더라고요. 그래서 그다음부터 진짜로 연락이 오면서 박물관 프로젝트에 많이 참여하게 됐어요.

그게 고등학교 때 일인가요?

네, 그쯤이면 고등학교 1학년 때예요. 중학교 때 3년간의 활 만들기 어드벤처를 하다가 고등학교 1학년 때 박물관 관장님을 만나고 그다음 또 새로운 시기가 온 거예요.

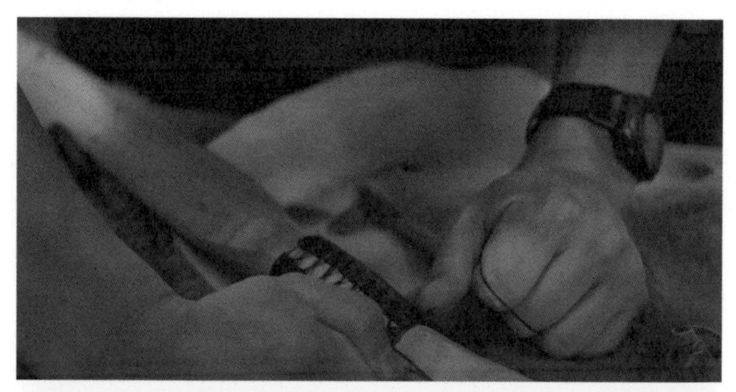

우리나라에 구석기 축제라는 게 있어요. 연천에서 열리고 한번에 몇 십만 명씩 오는 거대한 축제인데 제가 거기서 활 전시랑 활 쏘기 체험 부스를 운영했었거든요. 그런데 거기 다른 부스를 운영하던 사람들이 대부분 전세계 각지에서 오신 고고학자들이었어요. 우리나라에 이걸 직접 재현하는 사람이 없다 보니까 매년 축제를 할 때마다 그런 사람들을 초청하더라고요. 그때 독일의 고고학자 울프 씨랑 로버트 씨를 만나게 됐는데, 처음에 그 사람들을 보고 정말 신선한 충격을 받았어요.

직접 만든 선사시대 복장을 입고서 불도 피우고 활도 쏘고 엄청 다양한 도구들도 만들면서 정말 온몸으로 선사시대를 재현하고 있는 거예요. 저는 원래 자연과의 연결을 추구하고 직접 만들기를 좋아하던 사람이라서 완전히 선사시대의 방식으로 자연물만을 이용해서 손으로 모든 것을 만드는 그런 사람들을 만나니까 정말 완전히 반해 버린 거예요. 진짜 감동을 받은 거예요. 소름이 끼쳤던 거예요. 그래서 내 미래는 바로 저거다! 라고 마음을 먹고 그때부터 그 분야를 공부하기 시작했어요.

딱 그 시점을 기준으로 그전에는 활만 만들었다면 그다음부터는 훨씬 다양한 것들을 만들기 시작한 거죠. 선사시대에 돌을 깨트려 만든 석기, 흑요석이라는 유리질 보석이 있는데 그거를 섬세하게 가공해서 아주 얇은 대칭형의 날을 만드는 기술이 있어요. 사슴뿔이랑 돌로 탁탁 때려서 만드는 건데 그게 너무 아름다운 거예요. 거기에도 완전히 매료돼서 1년 동안 그 기술을 계속 익히고 만들고 그랬어요. 3주 동안 털 뽑아가면서 만든 선사시대 복장도 있는데 그건 얼마 전 할로윈 때도 학교에 입고 갔어요.

무슨 털이요?

그게 동물 가죽이거든요. 캥거루요…

캥거루 가죽이요?

천연 가죽 중에서 제가 구할 수 있는 게 캥거루 가죽밖에 없어가지고… (웃음) 옛날 한국 지역에서는 캥거루 가죽을 안 썼지만 사실 완성품을 두고 봤을 때는 별 차이가 없거든요. 그거를 도면을 만들고 손바느질을 일일이 다 하는데 이 바느질하는 게 진짜 힘들더라고요. 30센티미터 길이를 바느질하는 데 한 시간 정도가 걸려요. 근데 옷에 모든 바느질하는 곳을 합치면 엄청나게 길거든요. 틈만 나면 앉아서 바느질을 했어요. 그거 하는데 총 3주가 걸렸는데 그렇게 완성을 하고 나니까 너무 뿌듯하고 행복하더라고요. 그래서 자연스럽게 할로윈 때도 입고 갔죠. (웃음)

그것뿐만 아니라 나무껍질을 벗겨서 그 나무껍질 섬유로 줄을 만든다든가, 나무 껍질을 통째로 벗겨가지고 가방을 만든다든가. 또 칡 넝쿨로 바구니를 짜기도 하고, 소나무 송진 이런 거 채취해서 숯가루랑 같이 끓여서 천연 접착제를 만들기도 하고요. 그렇게 만든 걸 박물관에도 전시품으로 납품을 많이 했어요. 이제 유물이 나오면 박물관에서 그 유물을 사람들이 만져 보게 하거나 눈앞에 전시하는 건 어렵거든요. 그리고 유물은 보통 다 썩어서 형체를 알아보기 힘들어요. 그래서 박물관은 그런 걸 생생하게 보여 줄 수 있는 게 필요하니까 저한테 의뢰를 하는 거고, 저는 그걸 만들어서 납품도 하고 워크숍도 나가고 하는 거죠. 그다음부터는 제가 동경하는 사람들이 그랬던 것처럼 저도 똑같이 그런 행사들에 많이 초청 받아서 참여하곤 했어요. 대만 고고학 박물관에도 초청 받아서 거기에도 제가 만든 옷 입고 가서 시연하고 전시도 하고 왔죠. 너무 행복했어요.

또 박물관이랑 유적지, 지자체의 금전지원을 받아서 활 만들기 캠프를 많이 열었는데, 지금까지 열 번인가 열한 번을 열었어요. 그중에서도 특히 즐거웠던 기억으로 남아 있는 거 하나는 '숲에서 활 쏘기'라고 제가 독립적으로 진행한 프로그램이었는데, 그건 제 친한 친구들 끌어모아서 약간 우리끼리 놀아 보자! 목적으로 진행한 거였어요. 첫 번째 모임에서는 1박 2일 동안 활 박물관 같은 곳을 답사하면서 활에 대한 이론 공부랑 역사 공부를 간단히 하고, 두 번째 모임에서는 다같이 제 공방에 와 가지고 직접 나무를 깎아서 활을 만들고, 세 번째 모임에서는 활 쏘는 방법을 본격적으로 배우고, 그리고 마지막 모임에서는 장력이 약한 활에 화살 촉을 빼고 거기에다가 안전폼을 달아서 그 활로 서로 쏴서 맞추는 거예요. 맞으면 탈락이거든요. 팀 나눠서 전쟁게임도 하고 엄청 스릴 넘치고 재미있었어요. (웃음) 그런 활동을 계속 해 왔어요.

와 신기하네요. 그런데 우리나라에 숲이 많이 없지 않나요?

아 많진 않죠. 우리나라는 잡목림이어서 꼬불꼬불하고 키 작은 나무들이 덤불처럼 옆으로 착 퍼져 있는 그런 나무 식생이 많잖아요. 그래서 숲에 빈 공간이 많지가 않고 나무로 꽉꽉 차 있어요. 숲에서 뭔가 활동을 하기가 좋지 않거든요. 그리고 우리나라는 딱 보면 알 수 있듯이 평지 숲이 거의 없어요. 대부분 산이잖아요.

그런데 제가 영국여행을 간 적이 있는데, 보니까 거기는 산이 거의 없고 평야지대에 침엽수, 커다랗고 높게 쑥쑥 뻗는 그런 나무들이 숲을 이루고 있더라고요. 로빈후드에 나오는 그런 숲 있잖아요, 기둥이 착 서 있고 위에는 루프처럼 가지가 착 퍼져서 그늘이 있고. 또 날씨가 습하니까 나무에는 이끼 껴 있고 바닥에는 잡초 하나 없이 풀밭이 착 펼쳐져 있는데, 너무 아름다운 거예요 숲이. 그리고 안개도 자욱해서 약간 신비롭고… 영화 속에 나올 만한 숲이 너무 많은 거예요. 그래서 그런지 영국사람들은 특히 아이들 교육할 때 숲에 가서 다양한 활동을 많이 하더라고요. 움막 짓기 이런 것도 하고 캠프파이어도 하고 노래도 부르고 이런 거를 진짜 많이 해요.

저는 그런 게 너무 좋았는데요 한국에 왔는데 아쉽게도 자연환경상 그런 숲은 잘 안 보이더라고요. 그런데 제 고등학교가 금산에 산속 시골에 있었어요. 거기가 숲은 많아서 그냥 계속 무작정 이 산 저 산, 이 숲 저 숲 걸어 다니면서 그런 환경을 찾아다녔단 말이에요. 그러다가 진짜 제가 상상치도 못한 방법으로 찾았는데, 그 메타세쿼이아 나무 아세요? 아시죠! 보셨죠! 길게 뻗는 침엽수인데 사진에서도 많이 보이는 도로변 길가에 엄청 예쁘게 착 서 있는 그 나무요. 이게 원래 우리나라에 자생하는 나무가 아니에요. 이 나무를 키우는 농장에서 키운 다음에 다른 데 판매하는 거거든요. 근데 금산에서 이 나무를 키워서 파는 농장을 찾은 거예요. 진짜 우연히 찾았어요. 크기가 넓지는 않았는데 딱 일정한 간격으로 인공적으로 만들어진 숲이니까 활 쏘기에는 완벽했던 거죠. 나무들 줄이 다 맞춰져 있어서 그 사이에다 과녁을 놓고 활을 쏘고 진짜 너무 완벽한 거예요. 제가 혼자 두 발로 돌아다니다가 드디어 그걸 찾았을 때 너무 행복했어요. 그렇게 우연히 운 좋게 찾고 거기서 행사를 많이 했어요.

문화행사 섭외나 초청은 주로 어떤 경로로 들어와요?

제가 박물관 관장님을 통해서 어떤 고고학 포럼에 최연소로 가입하게 됐어요. 그게 무슨 포럼이냐면, 국내 행사 할 때마다 외국 고고학자들을 초청한다고 그랬잖아요, 국내에 그런 걸 할 줄 아는 사람이 아예 없는 거예요. 시도조차도 되지 않고 있고. 근데 그게 꼭 필요하거든요. 사람들에게 생동감 있게 보여 주고 흥미를 유발하고, 학문 자체를 연구하는 데 있어서도 그냥 서류로만 공부하는 것보다는 직접 재현한 걸 보고 체험하는 게 엄청 중요한데 우리나라 고고학계에서 그걸 너무 안 했던 거예요. 그래서 고고학자들도 그게 우리나라 고고학계의 커다란 문제이고 도전 과제라고 판단을 내리고 '한국대중고고학회'라는 걸 제가 고등학교 2학년 때 처음 창설을 했어요. 대중고고학이 뭐냐면 제가 직접 하는 그런 것들인 거죠. 대중에게 좀 더 친근하게 다가갈 수 있는. 학문을 위한 학문이 아닌, 학문을 바탕으로 재미있는 걸 만들어 낼 수 있는 그런 거.

딱 그 창립 시기에 고고학자들 눈에 제가 띈 거예요. 이걸 하고 있는 애로. 그래서 고고학자들이 애정 어린 말투로 "이 미친놈들" 이러면서 엄청 좋아하시면서 저희를 '대중고고학포럼'을 하려는 고고학자들이 모인 모임에 가입시켜 줬어요. 저 말고도 저랑 같이하는 제 친구들이 몇 명 더 있었거든요. 거길 가입해서 활동을 하다 보니까 고고학자들도 많이 알게 됐고 그래서 계속 연결이 됐어요. 행사를 하나 하면 거기 새로운 분들이 오고, 그러면 기존에 알던 분들이 그분들을 소개시켜 주고, 그러면 인사하고. 그러면서 인맥이 계속 생기더라구요. 그런 식으로 행사를 계속 참가하고 있어요.

실화인데도 동화 같은 되게 재미있는 이야기가 있어요. 우리나라에 회목이라는 나무가 있는데요, 그게 활 만드는 활쟁이들 사이에서 전설로 통하는 그런 나무예요. 즉 전설의 나무거든요. 옛날 조선시대 기록을 보면 회목궁, '회목'에 '활 궁' 자를 써서 '회목으로 만든 활을 전쟁에 몇 백 자루 들고 나갔다' 이런 언급이 되게 많아요. 구전으로도 어떤 좋은 활을 회목나무를 써서 만들었다고 많이 전해져 내려오고요. 왜 회목나무냐면 껍질이 회색빛이 돌아서 회목나무라는데 이것도 정확하지는 않아요. 가설이 너무 많아가지고요. 그런데 그 회목나무가 찾기가 되게 어렵거든요. 일단 나무가 흔하지도 않고, 다른 나무랑 딱히 특징적으로 구분하기가 어려워요. 떼죽나무라는 나무도 그렇고 회목나무랑 비슷하게 생긴 나무가 많아요. 그리고 해발고도 몇 미터 이상인 곳에서만 자라서 산 정상 쪽에만 주로 자라요. 그래서 이걸 구하는 게 약간 전설의 보물찾기! 이런 거죠.

저는 일단 그 전설의 나무를 얻기 위해선 산 정상까지 올라가야 한다! 이런 게 있으니까 너무 재미있는 거예요. 약간 동화 같잖아요. 또 그걸로 활을 만들면 성능도 엄청나게 좋다고 하고. 그래서 처음 몇 년간은 저도 그 전설의 회목나무 활을 만들어 보고 싶어서 비슷하게 생긴 나무들 찾아서 깎아 보고 그랬는데 알고 보니까 회목 아니고 그랬거든요. 근데 결국 제 친구들의 도움을 받아서 같이 회목나무를 찾았어요! 서울대 쪽 관악산에서 처음 찾았어요. 나중에는 부산 근처 양산에서도 찾았고요. 다행히 이 나무들이 막 밀집해서 자라는 것까진 아닌데 그래도 주변에 씨가 퍼져 있기 때문에 혼자 자라지는 않고 같이 자라더라고요. 근데 이 회목나무의 특성상 나무가 엄청 구불구불해서 회목나무 열 그루를 발견해도 하나 혹은 그 이하만 진짜 활로 만들 수 있어요. 그래서 찾기가 더 힘들기는 했는데, 아무튼 나무를 찾아서 그 나무를 베려고 나무 채취캠프를 친구들끼리 열었어요.

양산까지 내려가서 2박 3일 동안 컨테이너에서 지내면서 나무 베고, 화물 택배 붙이고, 베고, 붙이고 이것만 계속 반복했어요. 하루 종일. 나무를 다 벤 다음에는 최소 1년은 말려야 해요. 1년이나 2년 정도 말리고 숙성시킨 다음에 깎아야지 활이 되거든요. 그래서 2년 전에 가져왔던 나무를 이제 깎고, 올해 가져온 나무들은 집 창고에 넣어 놨다가 내년이나 내후년에 깎고 이렇게 하는 거죠. 그렇게 고생을 해서 만들었는데, 진짜 장난이 아닌 거예요. 너무 좋은 거예요. 지금은 회목나무 활만 들고 다녀요. 그것도 저번 할로윈 때 학교에 들고 갔어요.

진짜 기대만큼 좋아요?

네, 진짜 장난 아니에요. 이게 천연 재료라는 걸 믿기 어려울 정도로요. 옛날에는 활을 무슨 풀을 붙여 가지고 나무로만 만들었는데 요즘에는 시대가 많이 발전해서 에폭시랑 유리섬유접지 이런 재료들도 나오고 카본으로도 만들거든요. 그런 신소재들은 나무와는 탄성이 달라요. 아무리 오래 당기고 있어도 탄성이 약해지지가 않고 엄청 좋단 말이에요. 나무의 한계를 뛰어넘은 거죠. 근데 회목은 카본 정도로 좋아요, 나무인데도. 이게 나무라는 게 신기할 정도로요. 활을 위해서 존재하는 나무라고 생각될 정도로 탄성이 진짜 엄청나거든요. 그래서 그걸로 활을 만들면 너무 재미있어요. 화살이 너무 잘 날아가서. 진짜 쏜살같이 달려나가요.

지금은 제가 같이 활동하던 친구들 다섯 명이서 사업체를 만들었어요. 마침 일주일 전에 법인등록을 해 가지고 이제 제가 그곳의 공동창업자가 되었어요. (웃음) 앞으로는 이 사업체를 통해서 기존처럼 체험, 전시, 워크숍을 하고, 또 추가적으로 문화재 활용 기관에서 교보재로 필요로 하는 체험용 활을 제가 만들어서 판매하려고 하고 있어요. 그렇게 사업을 준비하고 있고, 저는 나중에 어디 취직하고 싶은 마음은 없어요. 누가 시키는 거 하는 거를 너무 안 좋아해서요. 그래서 요즘은 그 사업이랑, 이거 핸드팬 사업까지 두 가지를 시작했어요.

그럼 이제 악기 이야기로 넘어가 볼까요?

네, 악기 이야기로 넘어가면 저 악기 핸드팬은 지금 제가 온 마음을 다 쏟고 있는 대상이에요. 제가 초등학교 때 피아노도 배우고 플루트도 배우고 했었는데 저는 그런 악기 배우는 게 되게 재미가 없더라고요. 기존의 시스템이 있고 그 체계를 다 배운 다음에 해야 하는데 그 과정이 너무 재미가 없는 거예요. 나는 바로 재미있는 음악을 만들고 싶은 것뿐인데. 그래서 그런 악기들은 다 하다가 안 하고 그랬는데, 그 다음에는 제가 용돈을 20만 원 모아가지고 젬베라는 아프리카 타악기를 하나 샀어요. 낙원상가에 가서 사가지고 혼자 이렇게 연습을 했는데 너무 신나는 거예요. 제가 원래 타악기랑 잘 맞나 봐요. 그전에도 혼자 박자 맞춰서 책상 두드리고 노는 게 일상이었거든요.

그런데 어느 날 저 핸드팬 영상을 보고 완전히 꽂힌 거예요. 정말 한눈에 반해서 악기 가격을 알아봤어요. 근데 악기 가격이 200만 원인 거예요. '이건 내가 감당할 수 없는 거다' 이러고 바로 그냥 포기를 했죠. (웃음) 근데 그러다가 일본여행을 가서 저 악기로 버스킹하는 걸 봤는데, 아 영상으로 보다가 실제로 보니까 아무래도 안 되겠는 거예요. 한국 돌아오고 나서도 계속 생각이 나더라고요. 너무 갖고 싶은데 너무 비싸서 가질 수가 없으니까, 막 진짜로 동그란 것만 있으면 다 핸드팬으로 보이고 꿈에도 계속 나오는 거예요. 꿈에 한 여섯 번 정도 나왔거든요. 제가 사는 꿈, 누가 저한테 주는 꿈, 막 이런 꿈이요… 그래서 부엌에 스테인리스 볼 있잖아요, 핸드팬이 그거 엎어 놓은 것처럼 생겼거든요. 그래서 그 볼을 망치로 두들겨가지고 모양을 똑같이 만들었어요. 소리는 전혀 안 비슷하지만 무릎에 얹어가지고 똑딱똑딱

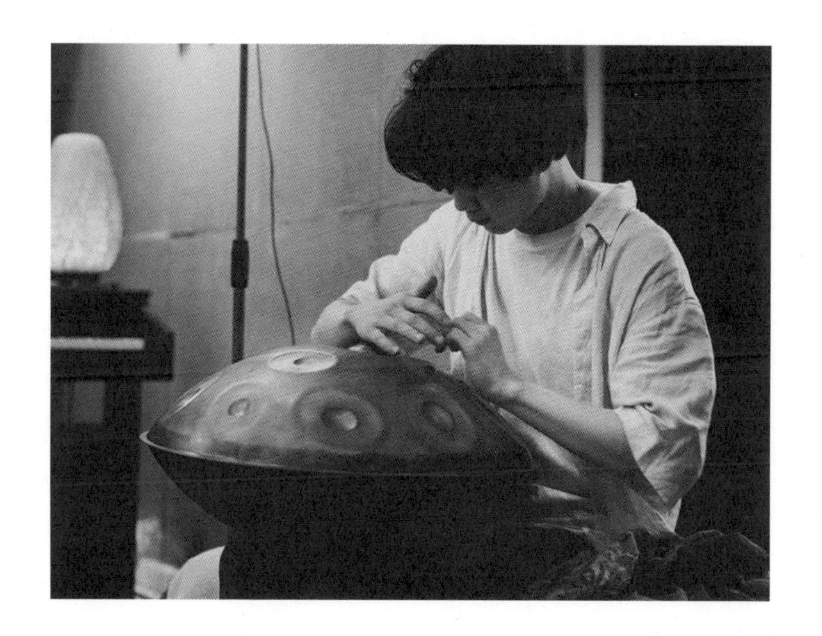

치면서 연습을 했어요. 핸드폰으로 튜토리얼이랑 온라인 클래스 이런 거 보면서.

그러면서 동시에 돈을 엄청 열심히 모아서 결국 핸드팬을 주문을 해서 받았거든요? 영국의 장인한테서? 이 악기가 눈앞에 있다는 게 믿기지가 않는 거예요. 실제로 보니까 더 사랑에 빠져가지고, 아 제가 이걸 악기와 사랑에 빠졌다고밖에 표현할 수가 없어요. 제가 이 악기를 가지기 전에 이걸 반드시 구하겠다는 포부를 제 주변 사람들한테 맨날 말하고 다녀가지고 주변사람들이 다 알았었거든요. 이제 드디어 주문을 해서 곧 온다고 하니까 다들 엄청 축하해 주면서 "네가 드디어 꿈을 이루는구나"라고 할 정도였어요. 그래서 저도 친구들을 위해서 택배상자 뜯는 모습을 페이스북 라이브로 보여 줬었죠. 그다음부터는 매일 이걸 붙잡고 하루에 몇 시간이고 연습을 하면서 계속 쳤어요.

그게 작년 여름이었고, 이제 1년 조금 더 지나서 지금은 악기가 다섯 개가 있어요. 물론 악기라는 건 다 핸드팬을 말하는 거예요. 첫 번째 악기는 샀고, 두 번째 악기는, 제가 외국 커뮤니티에 스테인리스 볼 치는 영상부터 진짜 악기 연주하는 영상까지 다 올렸었거든요? 근데 어느 크로아티아 장인 한 분이 제가 악기를 그렇게 만들어서 치다가 어느 순간 진짜 악기를 치는 연주자가 되는 과정을 보고 그거에 감동을 받았다고 저한테 악기 하나를 선물로 보내주겠다는 거예요! 대신에 제가 그 악기 연주 영상을 찍어서 올려주면 홍보가 되니까 그렇게 해 주면 좋겠다고 하면서!

협찬이네요?

네, 그렇죠!

그렇게 두 번째 악기를 받았고, 세 번째 악기도 제 영상으로 홍보를 도와주기로 하고 협찬을 받아서 절반 금액으로 구매했어요. 그리고 네 번째 악기부터는 전혀 다른 방식으로 들여오기 시작했는데, 음 이 악기가 소리가 다 다르거든요. 음계가 달라요. 멜로디 자체가 달라요. 어떤 거는 아라빅 스케일이라서 아라비안나이트 느낌이 나는 음계가 있고, 어떤 거는 신비로운 우주 느낌이 나는 음계가 있고, 또 어떤 건 꿈 속을 헤매는 듯한 그런 몽환적인 소리가 나는 게 있어요. 이렇게 음악 코드하고 음계에 따라 그 악기의 매력이 다 다른데 저는 최대한 많은 악기를 쳐 보고 싶었어요. 근데 제가 계속 돈을 모아서 사는 건 불가능했기 때문에 아빠랑 같이 이걸 어떻게 할까 궁리를 했어요. 아빠가 음향전문가이신데 아빠도 이 악기의 소리에 빠지셨거든요.

그렇게 아빠랑 고민을 하다가 나온 아이디어가 '한국에 핸드팬 숍 겸 스튜디오를 열어서 외국 메이커들을 수입해서 팔면 어떨까?'였어요. 엄청 다양한 핸드팬도 접해 볼 수 있고 사람들과 나눌 수도 있고 너무 행복할 것 같으니까요. 그래서 그 아이디어를 떠올린 게 올해 여름이었는데, 그다음부터 계속 외국 메이커랑 컨택을 하고 사업 준비를 해서 지금은 이 스페인 메이커의 한국 공식 수입판매처가 됐어요. 막 시작해서 지금은 두 개 팔았고요.

판매를 시작했다고요?

네, 오프라인으로 판매를 시작했어요. 지금은 홈페이지 웹사이트 만들고 있어요. 곧 네이버 스마트 스토어도 할 거고요.

오프라인으로는 어디서 판매를 해요?

파주 출판단지에 있어요. 저희 집이 집이랑 스튜디오가 같이 있다고 했잖아요, 형 방이 외부랑 바로 연결되는 문을 쓰거든요. 그래서 좀 불편하더라도 제 방을 형이랑 같이 쓰고 형 방을 제 핸드팬 스튜디오 겸 형의 허브 사업공간으로 쓰기로 했어요! 형은 피우는 종류의 허브 사업을 준비하고 있거든요. 허브 전문가예요.

그렇구나. 사람들이 직접 체험해 볼 수 있게 해 주는 거네요.

네, 사람들이 직접 와서 눈으로 보고 소리도 들어보고 살 수 있도록 준비를 하고 있어요.

그리고 저처럼 핸드팬 연주를 하는 친구가 있어요. 이스라엘 사람인데 올해 봄에 한국에서 같이 버스킹 하고 다니면서 놀았거든요. 그 친구는 그 이후로도 세계 각국을 돌아다니면서 연주하고 여행하고 있는데 이번 겨울에 한국에 다시 오겠다는 거예요. 저랑 공연하러! 그래서 올해 12월에 같이 한국에서 콘서트 투어 하기로 했어요. 제주도에서 열흘 머물면서 여기저기서 공연하고 그다음에 충남 가고 또 다른 데도 가고 하다가 서울에서 마지막으로 공연하려고요. 그리고 한국에서 공연 다 끝내면 같이 방콕에 어느 핸드팬 장인의 집에 방문하기로

했어요. 핸드팬을 제 손으로 직접 만들어 보겠다는 꿈이 생겼거든요. 일단 찾아가 보려고요. 활 만드는 장인들 찾아갔던 것처럼요. 미래가 어떻게 펼쳐질지는 모르는 거니까요.

인생에서 감사하게 생각하며 살아가는 것이 있다면 무엇인가요?

음… 저는 일단 자연한테 너무 감사해요. 자연을 자세히 관찰해 보면 잎사귀 무늬도 그렇고 꽃도 그렇고 자세히 볼수록 그게 너무 아름답고 너무 완성적이고 너무 균형적인 거예요. 그런 것들과 계속 연결을 가지다 보면 세상이 너무 아름답다는 감정이 들어요. 그게 너무 감사해요. 왜냐하면 아무튼 '나'라는 사람이, '나'라는 존재가 세상에 살고 있는데, 내가 살고 있는 이 세상에는 어둠도 정말 많고 고통도 정말 많고 사람들의 안 좋은 면도 정말 많아요. 그런데 그래도 그만큼의 빛이 있고 그만큼의 아름다운 면들이 있고 내가 원한다면 그것들에 빠질 수 있는 환경이잖아요. 그리고 그런 걸 사람들과 나눌 수 있잖아요. 그게 제일 감사해요.

부모님한테도 엄청 감사해요. 저를 많이 사랑해 주시고 많이 신뢰해 주셔서요. 그리고 항상 저한테 뭔가를 강요하지 않고 그냥 제가 원하는 것을 도와주실 수 있는 선에서 도와주시려고 하시는데 그게 너무 감사해요. 요즘 부모님들은 그래도 자녀가 무언가를 해 보고 싶다고 할 때 실제로 지지해 주시는 분들이 많잖아요? 무조건 "남들 다 하는 공부해야지"가 아니라 "너는 너 하고 싶은 거 해서 꿈을 이뤄" 이렇게 말씀하시는 부모님들이 전보다 훨씬 많아진 것 같아요 제가 봤을 때는. 그런데 문제는 거기에도 결국 부모님의 욕심이 투영되는 것 같더라고요.

예를 들면 "넌 수영을 좋아하는구나, 그래 수영 열심히 해서 수영선수 해 우리가 지원해 줄게"라고 했는데 아이가 1~2년 수영을 하다가 질려서 "나 이제 다른 거 할래"라고 하면 "우리가 여태까지 이렇게 지원해 줬는데 여기서 관둔다고? 끝까지 안 하고 중간에 포기할 거면 아무것도 하지마!" 이렇게 말을 하는 거예요. 이런 거 진짜 많이 봤거든요.

저도 어렸을 때 관심사가 많이 바뀌었어요. 원래 애들이 그렇잖아요. "나 커서 우주비행사가 될 거야!" 그랬다가 다음 주에 "나 의사 될 거야!" 이러고. 저희 부모님은 그걸 그냥 물 흐르듯이 내버려 두고 본인들의 욕심을 투영하지 않으셨는데 그게 저한테 엄청나게 도움이 많이 된 것 같아요. 그래서 제가 스스로 뭘 좋아하는지, 뭘 잘하는지를 계속해서 발견하다가 결국 활과 선사시대라는 인연에 도달하고 핸드팬이라는 악기도 찾게 된 것 같아요. 부모님한테 그게 정말 감사해요. 나중에 아이를 키우게 되면 이런 것들을 꼭 잊지 말아야겠다는 생각이 들더라고요.

인생에 위기 혹은 후회하는 순간이 있었나요?

저는 뭐랄까… 위기나 힘든 순간들이 있긴 했는데 그게 그 당시에는 엄청 힘들긴 했어도 그걸 통해서 배우고 성장한 것도 많아서 좋은 마음으로 받아들이고 있어요. 그래서 후회하는 게 있는지는 더 생각을 해 봐야 할 것 같기는 한데… 아 한번은 잠깐 그런 적이 있어요. 저 스스로 엄청 이분법적으로 내가 하는 이 행동이 옳다, 그르다 하고 판단을 한 적이 있어요. 그 행동이 아주 강하게 휘몰아쳐서 약간 공황장애 같은 게 온 적이 있는데 그래도 그렇게 오래 가지 않고 극복을 했어요. 그래서 그 이후로는 스스로에게도 그렇고 남에게도 그렇고 함부로 이분법적인 판단을 하면 안 되겠다는 생각을 가지고 살아가고 있어요. 그래서 지금은 잘 살고 있어요. (웃음)

언제 그랬어요?

제가 고등학생 때요. 한창 활도 만들고 잘하고 있다가 갑자기 그런 게 들이닥쳤어요.

그리고 고등학교 때 또 한번은 제 친구들 중 몇 명이 저에 대한 왜곡된 소문을 학교에 퍼뜨렸었어요. 그런데 그 당시 제 가치관이 모든 걸 수용적으로 받아들이고 웬만하면 그냥 내가 사과하자는 식이었거든요. 그래서 계속 그렇게 웃으면서 대했더니 걔네는 더 심하게 구는 거예요. 그때 상처를 많이 입었었어요. 후회가 되더라고요. 아닌 것에 대해서는 강하게 반발할 필요도 있는 것 같아요. 그걸 통해서도 배운 게 많아서 그냥 저는 다 좋은 경험이라고 생각해요.

10년 전 자신에게 해 주고 싶은 말이 있나요?

10년 전 저한테… "산타클로스는 없어" 하하하. 저는 초등학교 6학년 때까지 산타클로스를 믿었거든요. 황당하죠. 근데 사실 그 말은 하고 싶지 않아요. 믿는 게 너무 재미있었거든요. 그걸 통해서 엄청 커다란 교훈을 얻기도 했고요. 와 진짜 재미있는 얘기네요. 초등학교 6학년 때까지 산타클로스를 믿었다니. 아무튼 딱히 하고 싶은 말이 없어요. 왜냐면 저는 지금 제 모습에 그냥 너무 감사해서요.

뭐라고 훈수 두고 싶지 않은가 보네요. (웃음)

네, 훈수 두고 싶지 않아요. 알아서 충분히 잘 살고 있을 것 같아요. (웃음)

삶의 철학이나 신조가 있나요?

철학이나 신조… 네, 있는데 어떤 거냐면요 삶을 신뢰하려는 것? 사람들은 삶을 살아가는 것에 두려움이 많잖아요. 미래는 알 수가 없고, 내가 어떻게 될지도 모르고, 내가 뭔가 더 노력해야지 살아남을 수 있을 것 같고. 내일 사고를 당하면 어떡하지? 소중한 사람을 잃으면 어떡하지? 등등 정말 다양한 고민과 두려움이 있는데 저는 삶을 신뢰하려고 해요. 나한테 가장 필요한 상황과 가장 적절한 길이 주어질 테니 나는 그걸 믿고 따르겠다. 그렇게 삶을 신뢰하려고 하고 있어요. 그리고 언제나 나에게 주도권이 있다는 생각? 나의 선택으로 내 삶을 만들 수 있다는 그런 믿음을 가지고 있어요.

인간은 다 약간 초월성에 대한 믿음이 있잖아요. 그래서 종교가 있는 거고. 그 믿음의 대상이 정말 다양하다고 생각되는 게, 저한테는 그게 산타클로스였던 것 같아요. 요정도 그렇고. 저희 아빠가 워낙 괴짜셔가지고 이야기 지어내는 걸 되게 좋아하셨거든요. 그래서 제가 아주 어렸을 때부터 산타할아버지 이야기를 해 주셨는데 이야기를 할 때마다 무슨 나니아연대기처럼 대서사시를 쓰시는 거예요. 이야기가 막 술술 나와요. 아빠가 완전 뻥쟁이였어요. 궁금한 걸 물어봐도 다 엄청 그럴 듯하게 대답해 주면서 서사시를 쓰셨거든요. 저는 그걸 듣고 완전히 속은 거죠. 어렸을 때부터 세뇌가 됐으니까 산타할아버지의 존재에 대해. 그리고 부모님이 크리스마스만 되면 되게 주도면밀하게 산타할아버지 오신 것처럼 선물 놓고 가고 그래서 저는 엄청 기뻐하고 그랬단 말이에요.

그런데 어느 날은 아빠 오토바이 뒤에 타가지고 "아빠, 산타할아버지 진짜 있어요?" 이렇게 물어봤어요. 그랬더니 아빠가 "너가 많이 컸고 이렇게 진지하게 물어보는 걸 보니 이제 진실을 알려 줄 때가 된 것 같다" 이러면서 "사실 산타클로스는 없단다" 이러는 거예요. 저 사실 그때 엄청 울었어요. 너무 충격적이었거든요. 지금 생각해도 어이가 없어요. 근데 그때 아빠가 덧붙여서 하신 말이 "사람은 원래 믿고 싶은 대로 믿는단다" 이거거든요. 그 말 한마디가 지금까지도 길게 남아 있어요. 사람은 자기 믿고 싶은 대로 믿는다. 진짜 제가 그랬던 거잖아요. 그 나이가 될 때까지 산타할아버지를 믿었다는 게.

어떻게 그런 부모님이 있을 수 있을까 싶기도 하고… 저도 아이가 생기면 그렇게 놀아 주려고요. 절대 아이의 동심을 깨지 않을 거예요. 부모님이 그런 괴짜 성향이셔가지고 저도 지금도 그런 마인드가 있는 것 같아요. 뭔가 삶을 신뢰하게 되는…

요즘은 무슨 생각하며 지내세요?

음 표현하기 어려운데 항상 해 온 생각이 있어요. 저는 두 마리 토끼를 다 잡고 싶어하는 사람이어서요, 제가 스스로 행복하면서도 동시에 세상에 기여를 하고 싶어요. 제가 고등학교 때 환경에 관심이 많아져서 학교 외부 여러 행사에 참여했었는데 그때 환경운동하는 친구들을 굉장히 많이 사귀었어요. 그 친구들이 지금은 제 인생에서 없어서는 안 될 너무나 소중한 사람들이 됐고요. 정말 밝고 따뜻한 좋은 친구들이거든요. 그런데 제가 그 친구들을 보면서 느낀 게 있어요. 사회가 잘못되었다는 걸 깨닫고 그것에 반대하기 위해 쉬지 않고 목소리를 내다 보면 결국은 너무 힘들어서 스스로 지쳐 포기하더라고요. 무엇인가에 반대하기 위해 중심을 외부에 두고 나를 희생시킨다는 느낌으로 하면 결국 스스로가 소진되어서 더 이상 그 힘을 발휘하지 못하는 것 같아요. 자기가 가진 잠재력을요. 그래서 저는 그때 사람은 자기가 마음이 끌리는, 순수한 열정을 느끼는 일을 따라 가야지 그곳에서 많은 에너지를 발휘할 수 있겠다는 생각을 했어요. 물론 이것도 제가 더 큰 걸 보지 못하고 저한테 맞게 생각한 것일 수도 있지만요. 아무튼 그래서 저는 그때 그런 목표를 가지게 됐어요. 제가 행복하고 스스로 충만하면서도 제가 하는 행동들이 주변에 좋은 영향을 줄 수 있는, 사회에도 기여할 수 있는 그런 일을 하겠다는 목표요.

10년 후의 나에게 하고 싶은 말이 있나요?

"사랑해!" 사랑한다고 해 줄래요. 저한테.

사회에 불만을 느끼는 부분이 있나요?

사회에 느끼는 불만… 사회문제는 정말 끝도 없이 많은 것 같거든요? 차별 문제도 많고 다른 문제도 많고 교양수업 하나만 들어도 몰랐던 문제들을 더 많이 알게 되고. 그런데 저는 그거에 에너지를 많이 쏟지는 않아요. 제 활동 자체에 너무 많은 에너지를 쏟다 보니까 의식적인 것도 다 거기에 가 있거든요. 저는 그냥 '삭막하고 재미없는 도시에 내가 알록달록 색칠을 해 보겠다!' 이런 생각을 하면서 살아서 지하철에서 갑자기 핸드팬 연주하고 그러거든요. 그럼 사람들이 되게 좋아해요. 저는 오히려 그런 데서 환희를 느끼는 것 같아요.

예술가 같다는 생각이 들어요.
그리고 예술이 세상에 왜 필요한지도 다시 한번 느껴요.

감사해요… 음… 사회문제에 대해 깊게 생각하고 그걸 바꾸려고 노력하는 사람들 있잖아요, 적당히 맞추면서 살지 않고 잘못된 것에 투쟁하면서 사는 사람들. 저도 그런 사람들을 정말 많이 존경하고 그분들의 가치를 정말 많이 높게 사요. 자기만 생각하면 훨씬 더 편하게 살 수 있는데 모두를 위해서 힘쓰면서 사는 거잖아요. 그런 사람들이 있어서 진심으로 감사해요. 사실 우리 모두를 대변해 주는 사람들이기도 하고요… 그런데 사람은 각자의 성향에 따라서 각자의 위치에서 할 수 있는 역할이 모두 다른 것 같아요. 저는 그런 가치에 전적으로 동의하지만 저라는 사람 자체가 그렇게 투쟁을 할 수 있는 사람은 아니거든요. 그래서 저는 제가 할 수 있는 것에서 힘쓰면서 살려고 해요. 그게 제일 좋을 것 같아요.

제 친구들 중에도 그런 투쟁하는 친구들이 정말 많거든요. 특히 생태운동이나 여성인권운동하는 친구들이 많아요. 그 친구들 이야기 들어 보면 정말 지치고 힘들대요. 맞서 싸워야 하는 거잖아요. 제가 활쏘기 워크숍을 1년 프로젝트로 진행한 적이 있어요. 활 쏘기 워크숍은 숲에서 활도 쏘고 재미있는 의식도 치르고 자연에서 맨발로 놀고 하는 거거든요? 그걸 봄, 여름, 가을, 겨울에 한 번씩 해서 1년 프로젝트로 진행한 거였어요. 그때 그 친구들이 많이 와서 참여해 줬는데, 끝나고 나서 저한테… 이것 덕분에 1년을 살아갈 수 있는 힘을 얻었다고 그렇게 이야기를 해 주는 거예요. 저는 그 말을 듣는데 정말 너무 뿌듯하고 고맙고 그러더라고요. 제가 그 사람들에게 힘이 됐다는 게. 그래서… 사람들은 다 자기만의 역할이 있는 것 같아요.

그리고 예술가 같다고 말씀해 주셨잖아요, 활을 만들고 선사시대 작품을 만들고 하는 것도 실험 고고학이라는 학문의 범주에 있긴 하지만 저는 저 스스로 학자가 될 사람이라고는 절대 생각하지 않거든요. 고고학자들이 부르는 행사에서 이것저것 하고 있기는 하지만 저는 선사시대라는 매개를 활용해서 저의 작품을 하는 예술가가 되고 싶어요. 그 독일 실험고고학자 만났다고 했잖아요, 가죽옷 입고 그 시대를 직접 재현해 내는. 그분이랑 박물관에서 같이 프로젝트를 한 적이 있어요. 엄청나게 큰 통나무를 일주일 동안 깎고 수공구로 속을 파서 카누를 만드는 거였거든요. 선사시대 방식으로. 그걸 하고 있는데 박물관 학예사님이 오셔서 그분이 나무 깎는 걸 보시더니 저한테 "저 분은 꼭 예술가 같으세요"라고 하시는 거예요. 그래서 제가 가서 똑같이 말씀드렸죠. 그랬더니 자기는 예술가가 맞다고 하시는 거예요. 보통은 고고학자면 학자라고만 생각하는데 저도 다시 생각해 보니까 진짜 우리가 하는 것 그 자체, 선사시대 방식 그대로 일주일 동안 나무를 깎고 속을 파고 그걸 예쁘게 다듬어서 강에 직접 띄우기까지 하는 그 자체가 예술이더라고요. 그래서 저도 스스로 예술가라고 생각하고 예술가로 살고 싶어요. 그건 어떤 삶을 대하는 태도 중에 하나인 것 같아요.

사람들이 20대를 이해하는 데 도움을 줄 수 있는 말이 있나요?

사실 저는 20대들을 잘 몰라요. 저에 대해서만 알고 그래서… 하하하. 그래도 꼭 필요한 질문인 것 같아요. 좋은 답을 해 줄 수 있는 친구들도 많을 것 같고요. 근데 저는 이 질문에 대해 좋은 답을 줄 수는 없는 사람인 것 같아서 슬프네요.

질문은 다 끝났어요 소운 씨. 혹시 더 하고 싶은 이야기가 있나요?

인터뷰 하면서 정말 재미있었고 너무 좋았어요. 저에게 온전히 집중해 주시는 분에게 제 이야기를 할 수 있었다는 게 정말 소중하고 가치 있는 경험이었던 것 같아요. 나중에 보면 너무 재미있을 것 같아요. '내가 이 시절에 이랬구나' 하면서. (웃음) 인터뷰 해 주셔서 감사합니다!

HACK
YOUR
LIFE
git

박결

최근에 든 무서운 느낌인데요, 저희처럼 기술하는 사람들은 전공에 필요한 지식 구덩이가 워낙 깊으니까 계속해서 깊게 파게 되잖아요, 부족한 것도 많고 알아야 하는 것도 많으니까. 그런데 그러다 보면 자연스럽게 사회에 대한 관심이 줄어들고 인문학적인 부분을 소홀히 하게 된단 말이죠. 어느 순간 제 이타적인 감각이 무뎌졌다는 걸 느꼈어요. 언덕에 리어카를 끌고 가는 사람을 봤는데 옛날이었으면 스스럼없이 도와줬겠지만 하루는 고민이 되는 거예요. '꼭 내가 도와줘야 되나?' 이런 생각이 들더라고요. 그러면서 내가 변했다는 생각이 들면서 조금 무서워졌어요.

2. 박결

<u>간단한 자기소개 부탁드려요.</u>

무엇으로 저를 소개할지 고민이 많이 되는데요, 저는 28살 늦깎이 대학생 박결이라고 합니다. 반갑습니다.

<u>결 씨의 지금까지의 인생 스토리를 들려 주세요.</u>

이것만으로도 오늘 하루를 다 쓸 수 있을 것 같은데요. (웃음) 어떻게 보면 저는 어릴 때부터 좀 보편적이지 않은 삶을 산 것 같아요. 제가 두세 살 때 아버지가 돌아가셨어요. 동생이 태어나자마자.

아버지에 대한 기억이 거의 없으시겠네요.

네, 거의 없죠. 유일한 기억은 장례식장이에요. 엄마가 저를 끌어안으면서 "앞으로 어떡하지"라는 말을 했던 게 꿈의 한 장면처럼 기억에 남아 있어요.

그런데 그 어려운 상황에서도 저는 정말 복 받았다고 생각하는 게 어머니가 굉장히 강한 분이셨거든요. 그때 어머니는 고작 삼십 대 초반으로 굉장히 젊은 나이셨는데 시장에서 늦게까지 장사하시면서도 항상 저희가 스스로 헤쳐 나갈 수 있게끔 교육을 하셨어요. 독서를 굉장히 강조하셨고요. 그런 교육들이 저한테 좋은 영향을 많이 미친 것 같아요. 근데 그래도 학교에서는 어쩔 수 없이 아버지 없는 걸로 놀림을 많이 받아서 그런 것 때문에 어릴 때 되게 힘들기는 했죠. (웃음)

초등학교 5학년부터는 군포에 있는 이모 댁에서 살게 됐어요. 어머니 말로는 교육도 그때 살던 대구보다는 확실히 위쪽이 나을 거고 무엇보다 이모가 저희를 잘 돌봐줄 수 있을 테니까 보내셨대요. 중학생이 됐는데 학교에서 장래희망을 써 오라고 하더라고요. 저는 딱히 되고 싶은 게 없었으니까 그게 고민이 많이 되는 거예요. 나는 뭘 해야 되는지가. 근데 그때 마침 티비에 요리사가 나오길래 오? 저거 재미있겠네? 하면서 장래희망 칸에 '요리사'라고 적었어요. 문제는 그렇게 적고 나니까 진짜 요리사를 해야 될 것만 같은 강박관념이 생긴 거죠. 정작 요리는 안 하면서 '나는 요리사가 꿈이야'를 입에 달고 살았어요.

그리고 중학교 친구들이 다 옷을 되게 좋아했어요. 저도 그 영향을 받아서 옷에 관심을 가지게 됐는데, 그때는 몰랐지만 그게 제 삶의 큰 전환점이었죠. 이건 좀 자랑 같을 수도 있지만… 제가 옷을 차려입고 나가면 이상하게 사람들이 사진을 찍더라고요. 인터넷에 사진도 많이 올라오고 그랬어요. 지금 보면 이상한데 그때는 그게 유행이었으니까요.

왜 그랬나 싶은데 중학교 3학년 때는 이모랑 많이 다투기도 하고 친구들이랑 자주 말썽을 피우고 다녀서 이모 속을 많이 썩였어요. 결국 엄마가 "너 안 되겠다. 대구로 내려와라" 하셔서 대구로 다시 강제 소환됐죠. 동생한테 좀 미안해요. 동생은 잘 지내고 있었는데 저 때문에 같이 내려왔거든요.

그렇게 고등학교 때부터는 다시 대구 생활을 하게 됐는데 처음에는 적응을 잘 못했어요. 대구에는 친구도 없고, 또 경상도가 약간 서울에 대한 반감 같은 게 있어서 서울말 쓰는 사람을 싫어해요. 특히 대구는 뭔가 자기네가 서울보다 부족하지 않다는 자존심 같은 게 있어서 더 심하고요. 물론 다 그런 건 아니지만요. 아무튼 그런 것들 때문에 처음에는 적응하기가 너무 힘들고 못 버티겠는 거예요. '내가 있어야 할 곳은 저 위인데 저기가 내 터전인데 내가 왜 여기서 스트레스를 받고 있어야 하나…' 이러면서.

그래서 전학 온 지 몇 달 만에 "나 여기 못 있겠다" 하면서 집을 나갔어요. 근데 그랬더니 엄마도 "네가 못 있겠으면 나도 안 있는다. 나도 나갈 테니까 알아서 잘 살아라" 이러시면서 그날 바로 집을 나간 거예요. 저는 엄마가 그렇게 말하기도 했고 사실 어디 갈 곳도 없고 해서 그냥 그날 저녁 늦게 집에 돌아갔는데 엄마는 정말 3일을 안 들어오시더라고요. 그때 정신을 차렸어요. 엄마한테 대들면 안 되겠다. 너무 무서운 사람이다 우리 엄마. (웃음)

시간이 좀 지나니까 친구들이랑도 잘 지내고 적응도 잘하면서 다시 본격적인 대구 생활을 시작하게 됐어요. 공부는 솔직히 그냥 하기 싫었던 거지만 '나는 요리를 할 거니까'라는 생각으로 안 했고 대신 요리 공부를 본격적으로 시작했어요. 어떤 요리 서바이벌 프로그램에 '에드워드 권'이라는 유명한 셰프가 나왔었는데 너무 멋있어 보여서 그 사람이 요리 공부 했던 방식 그대로 따라 했어요. 재료 사서 연구해 보고, 맛의 미세한 차이 구분해 보고, 나만의 레시피 만들어 보고. 요리한 거 동생 먹이면서 평가 받고 그러던 게 생각나네요.

2학년 때부터는 방학마다 서울로 올라갔어요. 중학교 친구들이랑 저랑 다 옷에 관심이 많았다고 했잖아요, 우리가 원하는 아이템이 없으니까 직접 만들어 보자는 이야기가 나왔거든요. 옷이랑 가방 이런 걸 만들기로 하고 뭉쳤어요. 팀 이름도 있는데 '대야미'예요. 이름이 되게 웃기죠? 저희 동네 이름이 군포시 대야미였거든요. 사람은 누구나 뭔가를 하겠다는 열정만 있으면 어떻게든 방법을 찾아내더라고요. 손바느질 하는 방법부터 시작해서 다 직접 찾아 배워 가면서 가방을 만들었어요. 근데 그렇게 만들다 보니까 그게 또 너무 재미있는 거예요. 고민이 되기 시작했어요. '요리사의 길로 가야 되나? 디자이너의 길로 가야 되나?' 내가 정말 하고 싶은 게 뭔지 오랫동안 고민했던 것 같아요. 결국 디자이너의 길을 선택했지만요.

3학년 때는, 음… 열망이라고 해야 되나요? 제작에 대한 욕구가 폭발하던 시기였어요. 방학 때는 친구 집에 살다시피 하면서 작업하고 학교 다닐 때는 밤 새면서 작업하고 그랬어요. 자다가도 아이디어 떠오르면 눈 번쩍 뜨고 일어나서 스케치하고. 그러다가 밤샘 작업을 하게 되면 다음날 학교를 못 가죠. 아예 안 간 건 아니고 거의 점심 때 밥 먹으러 가는 수준? 그러다 보니까 학교 선생님들도 이제 저를 거의 신경 안 쓰는 지경이 됐죠. "넌 알아서 해라. 어차피 내가 해 줄 수 있는 것도 없고" 이런 느낌이었던 것 같아요. 최근에 대학 오려고 생활기록부를 떼어 봤더니 지각과 결석이 고3 때만 30번을 넘어가더라고요. 학교를 어떻게 졸업했나 싶어요.

그리고 대야미 팀이 고등학교 졸업하고 나서도 계속 이어지게 됐는데, 저희가 사업자 등록을 하지는 않았지만 나름 브랜드라고 칭하면서 막 카페 같은 데에 작품 올리고 싸이월드에서 소통하고 그랬어요. 실제로 판매 문의도 많이 들어왔고요. 근데 그때는 만들기는 잘 만드는데 만들고 나면 만족스러우니까 그거 들고 어디 놀러 다닐 생각만 했지 양산할 생각을 못했어요. 그래서 실제 판매를 하지는 못했고 친구들한테 선물로 주고 좋아하는 정도였죠.

그러다 보니까 대학은 당연히… 우리나라 시스템의 안타까운 점이기도 하지만 대학 가는 과정을 못 밟았으니까 대학을 못 갔어요. 대신에 전문학교라고 있는데 전문대 말고 학위가 안 나오는 학원 개념인 곳이에요. 우연히 광고를 봤는데 우리나라에 국내 최초로 가방디자인학과가 있는 전문학교가 생긴다고 하더라고요. 거기는 입학 조건이 낮길래 아 여기다 싶어서 갔어요. 그런데 막상 가 보니까 1학년은 그 가방 수업을 못 듣고 기본적인 디자인 수업을 다 들은 후에 4학년 정도는 돼야 들을 수 있더라고요.

저는 또 그런 걸 기다릴 수가 없으니까 제가 만든 가방들 바리바리 싸 들고 교수님이 계신 회사로 찾아 갔죠. 가서 가방들 보여 드리면서 저는 옛날부터 가방을 만들었고 가방 제작에 욕심이 있다, 독학으로 배워서 제대로 된 방법을 모르니 전문적으로 더 배우고 싶다 이렇게 말씀을 드렸어요. 그랬더니 교수님께서 되게 좋아하시면서 밥값은 내줄 테니 장인 분들 옆에서 보고 배우라고 하시는 거예요. 그 회사에 샘플 만드는 장인이 거의 30명 정도 계셨거든요. 이건 뭐 돈을 받는 게 아니고 오히려 돈을 내야 되는 상황인데 굉장히 좋은 기회였던 거죠. 그렇게 그때 처음으로 정말 전문적인 방법을 옆에서 보면서 배우게 되었어요. 30년 경력인 엄청난 선생님 옆에서.

그리고 그 회사에 계셨던 분들이 저를 되게 예쁘게 봐 주셨나 봐요. 가방 관련해서 일본에 유학을 다녀온 누나가 계셨는데 그분이 창고에 자기가 유학 생활하면서 산 도구들이랑 자재들이 한 박스 있으니까 가져가라는 거예요. 저는 공부하라고 주는 거니까 얼마 안 되겠지 싶었는데 진짜 거짓말 안 치고 일제 공구들이 한가득 들어 있는 연장통을 풀 세트로 주신 거예요. 가죽도 들어 있고. 와 너무 감사했어요… 그때 그렇게 제품을 제대로 만드는 방법도 알게 되고 회사가 돌아가는 시스템도 알게 되면서 나중에 제가 시작한 사업의 기초가 거기서 형성이 됐던 것 같아요.

근데 삶이 계속 즐거울 수만은 없는 게 당시에 학교에서 어떤 교수님이 중학생들 대상으로 방과 후 수업을 하고 계셨는데 제가 가방을 제작했던 경력이 있으니까 저한테 그 수업 조교를 부탁하셨어요. 저는 돈도 준다고 하니까 괜찮다고 생각해서 갔는데 그게 교수님들 사이에서 문제가 되는 부분이었나 봐요. 하루는 다른 교수님이 저를 불러내서 자기 차에 태우시더니 교수들 사이에 분쟁이 있는데 혹시 그 이야기가 나오면 자기 편을 들어달라고 저한테 그런 쓸데없는 얘기를 하는 거예요. 저는 원래 어른들을 별로 안 좋아했거든요. 이기적이고 자기 생각만 얘기하는 어른들을 많이 봤었어요. 그런데 그때는 정말 정이 확 떨어져서 어차피 내가 배울 곳은 여기가 아니다, 학교를 그만둬야겠다 이러면서 학교를 한 학기 만에 그만두고 입대를 했어요.

군대에 가니까 시간이 많아져서 평소에 하던 생각들을 더 깊게 해볼 수 있었어요. 제 대구 친구들은 자기가 뭘 하고 싶은지 찾아볼 겨를도 없이 항상 공부만 하면서 학창시절을 보냈어요. 사실 사회가 그렇게 요구를 하죠. 저는 그게 마음에 안 들었어요. 학생들에게 꿈을 가지라고 하면서 정작 자기만의 꿈을 가지면 그게 학교의 시스템과 맞지 않으니 인정하지 않는 느낌? 그건 마치 잘못된 꿈 같은 느낌? 대학을 안 가면 문제아인 듯한 그런 느낌. 저는 그게 굉장히 마음에 안 들었어요. 이런 교육은 뭔가 잘못됐다는 생각을 했어요. 그리고 예술가는 배고픈 직업이라는 이야기가 있잖아요, 그 이유도 그들이 먹고 사는 것에 대한 교육을 잘 받지 못해서 그런 거라는 생각이 있었어요. 군대에 있으면서 그 생각을 깊게 하다 보니까 내가 이 문제를 해결할 수 있는 교육 시스템을 만들겠다는 꿈이 생겼죠.

처음에는 예술가들이 세상을 파악하는 안목을 가지려면 경제를 알아야 하니까 예술가들에게 경제를 가르치고, 또 인성, 저는 인성이 굉장히 중요하다고 생각하거든요. 인성적인 측면도 가르치고, 그러면서 자기 역량을 더 발전시킬 수 있는 기술적인 부분도 가르치는 그런 시스템을 만들겠다는 막연한 생각을 했어요.

그런데 그런 꿈을 이루려면 돈이 있어야 하잖아요. 우선 내가 사업부터 시작하겠다는 계획을 가졌어요. 아이템은 물론 제가 자신 있는 가죽제품으로요. 22살에 전역하고 나서 사업을 할 아주 기초적인 자금을 마련하려고 3개월 동안 근처 편의점에서 야간 알바를 했어요. 편의점이 야간엔 손님도 없고 조용하잖아요, 그러면 저는 기본적인 도구들을 챙겨 갔어요. 가서 조용할 때 몰래 몰래 작업하고 그랬죠.

그렇게 하다가 그 해 6월에 사업자를 냈어요. 사업체 이름은 '아르혼'이었고 가죽 지갑이랑 가방 만드는 브랜드였어요. 당시에 사업자를 낸다고 하니까 주변에서 걱정을 많이 하더라고요. '사업이 쉬운 게 아니다'부터 '네가 무슨 사업을 하냐' 등등. 사실 생각해 보면 어릴 때 사업자를 낸다고 해서 리스크가 될 게 전혀 없거든요. 그나마 있다면 국민연금에 자동으로 가입돼서 매달 8만 7천 원씩 나간다는 거? 그거 말고는 전혀 없는데 사람들이 왜 그렇게 겁을 줬나 싶어요. 사업자를 낸 거하고 안 낸 거하고는 각오가 다른 것 같아요. 사업자를 안 내고도 내가 했던 일들을 다 할 수는 있는데 사업자를 등록함으로써 책임감이 생긴다고 해야 하나? 행동도 정말 사업스럽게 하게 되고. 돌이켜보면 정말 어렸지만 항상 어른처럼 행동하려고 많이 노력했거든요.

사업자 등록 마친 날

처음에는 그냥 도전으로 시작했는데 신기하게도 제가 뭘 하려고 하면 주변 분들이 정말 많은 도움을 주시더라고요. 12월에는 친구가 자기 지인이 어떤 빈 공간이 있는데 그곳을 예술하는 사람들로 채우고 싶어 한다고 저한테 말해 준 거예요. 안양일번가, 당시 엄청 큰 번화가였는데 심지어 16평으로 되게 넓었어요. 거기를 지원 받아서 그곳에 같이 입주한 예술하는 친구들하고 청소하고 꾸미고 했죠. (웃음) 또 전에 다녔던 회사 사장님을 찾아가서 지금 이런 사업을 하고 있다고 말씀드렸더니 회사에 남아 있던 가죽 재고들을 다 주시고 굉장히 비싼 가죽 전용 미싱기 같은 것도 주셨어요. 주변에서 의류 사업하시는 사장님들이 협업 제안을 해 주시기도 했고, 인스타그램 통해서 알게 된 스타일리스트 한 분 덕분에 샤이니 화보 촬영에 저희 제품을 협찬하기도 했어요. 모 기업 사장님께서 자금 투자도 해 주셨고.

그렇게 정말 많은 분들의 도움을 받으면서 스물세 살부터 스물네 살까지 만 2년 동안 사업을 했어요. 지금 그때를 되돌아보면 많이 부족했죠. 돈 벌면 놀러 다니면서 쓰고 마진 계산도 대충대충. 자재가 이 정도 들어가고 이 정도 남으면 “그래 뭐 할 만하네!” 이러면서 그냥 감 때려 넣기 식으로 진행을 했던 것 같아요. 근데 시간이 지날수록 더 나아가기가 힘들겠다는 생각이 들더라고요. 완전히 안 되는 건 아닌데, 유지해 나갈 수는 있겠는데 욕심에 못 미치는 느낌. 제가 원래 사업을 시작했던 목표가 있잖아요. 그러려면 큰 돈이 필요한데…

이 정도로는 안 되겠다.

네. 이 정도로는 안 되겠다라는 생각이 들었어요.

근데 그러던 중에 어떤 책을 읽게 됐는데… 아는 만큼 보인다는 말이 정말 몸으로 확 와닿는 순간이었어요. 저는 대부분의 사람들이 자기가 가지고 있는 지식만으로 세상을 살아갈 때 불편함을 거의 안 느낀다고 보거든요. 문맹들, 글을 모르는 사람들이 글을 못 읽어서 불편한 점들이 있겠죠. 그런데 그렇다고 삶을 못 사냐 하면 그렇지 않아요. 그분들도 나름 삶을 살아가요. 저는 지식이 그런 거라고 생각해요. 물론 지식이 있으면 좋다는 건 누구나 공감을 하는데 내가 당장 지식을 익혀야겠다는 마음이 들 정도의 불편함은 못 느낀다는 거죠. 그걸 느꼈으면 당장 공부를 해야 돼요. 그런데 사람들은 다 게임하고 유튜브 보고 그러잖아요. 그게 지식이라고 생각하고.

저도 역시 그때까지는 '책 많이 읽고 공부 많이 하면 좋겠지'라고 생각은 했지만 당장의 삶을 살아가는데 전혀 불편함이 없고 그냥 살아갈 만하니까 지식을 쌓으려는 별다른 노력 없이 살았던 거죠. 그런데 지식을 쌓고 세상을 돌아보니까 겨우 책 한 권으로 내가 그전까지 알던 세상이 완전히 다르게 보이는 거예요. '세상이 이런 거였어? 이렇게 돌아가는 거였나? 내가 이런 것도 모르고 살았다고?' 이런 생각이 들면서 지금까지 했던 걸 다 놓고 공부를 하고 싶어졌어요. 그런데 그럴수록 걱정이 많이 됐죠. 나이 때문에. 스물넷이 지나가고 있었고 스물다섯이 코앞이었으니까요. 그때가 굉장히 큰 고민의 시기였던 것 같아요. 그런데 마음속에 일어나는 그 욕구는 어쩔 수가 없었어요. 정말 내 스스로 주체할 수 없을 것 같은 그런 공부욕을 느꼈어요. '지금 공부를 하면, 더 늦기 전에 조금이라도 빠른 이 시점에 공부를 한다면 남은 인생은 분명 다를 것이다'라는 확신을 가졌죠.

처음에는 독서를 통해서 공부를 했어요. 사업은 더 이상 의미가 없을 것 같아서 알바 같은 걸 하면서 책을 읽었는데, 이게 일을 하면서 공부를 하니까 너무 답답한 거예요. 나는 공부를 하고 싶은데 일을 해야 되니까. 어떻게 하지… 하다가 왠지 대학을 가면 정말 공부만 할 수 있는 울타리가 딱 쳐질 것 같은 느낌이 드는 거예요. 그래서 등록금은 장학금을 받아야겠다고 생각을 하고 엄마한테도 그렇게 얘기를 하고 스물다섯 살에 수능 공부를 시작하게 됐어요.

문제는 저는 공부를 제대로 해 본 적이 없는 사람이니까 뭘 해야 되는지도 모르겠고 어떻게 해야 되는지도 모르겠는 거예요. 그래도 그나마 다행인 게 제가 멘토처럼 따르던 형이 있는데 그분이 엄청난 독서광이에요. 방학이면 책을 한 달에 오십 권을 읽을 정도로 무시무시한 사람이거든요. 그 형한테 조언을 많이 구했어요. 그 형이 처음에 그러더라고요. 수능이라는 게 쉽지 않다고, 네가 지금까지 공부를 안 했는데 그걸 만만하게 생각하면 안 된다고. 그러면서 저보고 한 달 동안 공부를 하든 뭘 하든 도서관에 매일 12시간씩 앉아 있어 보면서 그걸 유지할 수 있는지 테스트를 해 보라고 하더라고요.

그때 만약 그 말을 안 들었으면 저는 공부를 시작하는 입장이니까 대여섯 시간부터 시작해서 조금씩 늘려가 보자고 생각했을지도 몰라요. 근데 그 말을 들으니까 오기가 생겨서 첫날부터 12시간을 가만히 앉아서 책만 읽었어요. 정말 그렇게 한 달을 버텼어요. 그때 수험생활을 유지할 수 있는 기초체력을 얻은 것 같아요. 그러고 나서 정식으로 공부를 했죠. 학원은 비용이 많이 드는데 부모님께 손 벌리기는 싫고 또 원래 독학 스타일이기도 해서 독학으로 공부를 했어요. 그리고

2016년 수능을 봤는데, 정말 공부 안 하고 잘 찍으면 받을 수 있는 그런 점수를 받았어요. (웃음)

처음에 수능 공부 시작할 때 동생한테 말한 게 "이번에 수능 딱 끝내놓고 국토대장정 한번 가자" 이거였는데 수능이 완전히 망한 거예요. 그래도 1년 전부터 한 약속이고 계획도 세우고 있었으니까 가야 되잖아요. 저희 형제는 좀 이상해요. 이왕 가는 거 그냥 가면 재미 없으니까 어디 후원이라도 받아서 가 보자 했죠. 그래서 수능 끝나고 한 달 동안 후원 받는 방법들 알아보면서 치밀하게 준비를 해서 아웃도어 업체들한테 연락했어요. 후원해 달라고. 제조업 브랜드는 어떤 브랜드이든 돈을 후원해 주는 절차가 굉장히 복잡해요. 그런데 저는 의류업을 해 봤으니까 알잖아요, 기업은 항상 예상 판매량보다 훨씬 더 많이 생산한단 말이에요. 항상 재고는 있다. 그러니까 우리는 제품을 받아가자. 그게 더 쉬울 거다.

왜냐면 제가 후원을 받으려고 한 건 돈을 아끼고 싶어서가 아니라 사람들한테 내가 수능에 실패했지만 아직 죽지 않았다는 것을 보여 주고 싶어서였거든요. 나는 그렇게 허접한 사람이 아니라는 걸 인정받고 싶은 심리였던 것 같아요. 그리고 사람들에게 '도전'이라는 게 어떤 힘이 있는지 보여 주고 싶었어요. 제 친구들마저도 저한테 "야 후원이 쉬운 게 아니다" 이렇게 말했는데 그 말이 제가 항상 들어온 말이었어요. 뭔가를 하려고 하면 다 쉽지 않다고 해요. 다 어렵다고 해요. 그렇지 않다는 걸 알려 주고 싶었죠. 결과적으로 두 곳이 성사 됐어요.

어디 어디요?

블랙야크랑 칸투칸이요. 제가 생각하기에는 이것도 엄청난 성공인 게 국내에 아웃도어 브랜드가 되게 많잖아요, 근데 그 브랜드들한테 메일을 동시에 보냈을 때 만약 많은 곳에서 수락을 하면 저는 몇 군데를 거절해야 되니까 그건 예의가 아니잖아요. 그래서 열여섯 군데를 먼저 임의로 선정했어요. 거기서 이제 4개씩 묶어서 메일을 시간 간격을 두고 순차적으로 발송할 계획이었거든요. 그런데 첫 번째 그룹에 블랙야크랑 칸투칸이 있었는데 그 두 곳이 바로 오케이를 해 버린 거예요. 뒤에 브랜드들한테는 메일을 보내지도 않았는데. 그래서 두 업체에게 양해를 구했어요. 두 곳에서 후원을 해 주겠다고 하는데 우리는 도전의 가치를 중요시하기 때문에 괜찮다면 둘 다 후원을 받고 싶다고. 그랬더니 칸투칸은 허락을 하는데 블랙야크는 욕심을 부리는 거예요. 그래서 동생하고 얘기를 했어요. 블랙야크가 더 비싸긴 하지만 계속 고집을 피우면 그냥 블랙야크 버리고 칸투칸으로 하자고. 이렇게 결론을 짓고 그 생각을 전달했더니 블랙야크에서도 허락을 해 주더라고요. 그래서 결국 둘 다 가져가게 됐죠. 다른 브랜드들한테도 메일을 다 보냈으면 과연 몇 곳에서 후원해 줬을까 지금도 궁금하기는 해요.

와 재미있는 방법이네요.

네, 되게 좋은 방법 같아요. 재고를 달라고 하는 거. 거대한 기업 두 곳에서 이 형제 뭐 있다고 저걸 후원해 주나 싶겠지만 기업 입장에서는 그런 관심이 정말 좋거든요.

1월 1일 한겨울에 국토대장정을 시작했어요. 사람은 꾸준해야 된다는 흔히들 하는 말 있잖아요. 그 막연한 꾸준함이라는 개념을 국토대장정을 통해서 정말 몸소 깨달았다고 말할 수 있을 것 같아요. 저희가 걸었던 길이 600㎞인데요. 600㎞를 걷는다는 게 상상이 잘 안 가잖아요. 서울에서 부산까지가 400㎞인데 온 만큼 반을 더 가야 되는 그 거리 600㎞. 저희 목표는 최단 거리로 가는 게 아니었거든요. 그 지역의 아름다운 곳이나 명소들을 다 훑어보면서 꼬불꼬불 가는 거였어요. 정말 하루 단위로 치밀하게 계획을 짰어요. 물론 실패할 수도 있지만 치밀한 계획이 그나마 성공 확률을 더 높여 준다는 게 제 평소의 지론이라서요. 총 24일을 계획한 대로 꾸준하게 실행하니까 그 어려워 보이던 것도 결국은 이루어졌죠.

오른쪽이 박결 씨

그렇게 후원과 국토대장정을 성공하고 나니까 '그래 비록 지난 수능에서 실패를 했지만 나는 아직 죽지 않았어', '나는 원래 이런 사람이지', '나는 한다면 하는 사람이야' 이런 자신감이 생기더라고요. 또 어느 정도 예상은 하고 있었지만 받아들이기가 막막했던 두 번째 수능에 대해서도 마음가짐을 달리 하게 됐어요. 국토대장정과 마찬가지로 수능이라는 긴 레이스도 너무 길게 보지 말고 그냥 딱 오늘 하루 내가 할 것에 집중하면 언젠가는 내가 원하는 곳에 도착할 것이라는 믿음 같은 게 생겼죠. 그 자신감과 믿음을 토대로 다시 수능 공부를 시작했어요.

이제 좀 공부한 사람의 성적이 나오더라고요. 특히 저도 놀란 건 수학이었어요. 전년도에는 수학을 응시도 안 했었어요. 공부를 좀 덜하기 위해서 논술이라는 얄팍한 전형에 투자를 했었죠. 근데 두 번째 할 때는 논술을 안 하고 수학을 중학교 과정부터 다시 보면서 공부를 했고, 결과적으로 수능에서 실수만 안 했으면 1등급을 받을 수 있는 아쉬운 2등급을 받았어요. 돌아보면 정말 그렇게 공부를 안 했었는데, 특히 수학은 절대 안 할 것 같던 내가… 굉장히 놀라운 경험이었죠. 물론 공부를 오래한 수험생들에게는 그 점수가 놀라운 게 아닐 수도 있지만 제 입장에서는 그걸 해냄으로써 '공부도 하면 할 수 있다'라는 자신감이 생긴 아주 큰 일이었어요.

그 기운을 이어받아서 지금 대학교에 와서도 꽤 열심히 공부를 해서 들어올 때만 제외하고 1학년 2학기, 2학년 1학기 모두 장학금 받으면서 다녔고요. 네, 여기까지 하면 대략의 이야기는 끝난 것 같아요. (웃음)

인생에서 감사하게 생각하며 살아가는 것이 있다면 무엇인가요?

저는 일단 현실적으로 제 가족에게 제일 감사해요. 제가 이런 성격을 형성할 수 있었던 건 어머니의 영향이 전적으로 컸어요. 아주 어릴 때부터 항상 스스로 개척해 나갈 수 있는 힘을 길러 주셨던 것 같아요. 7살 때인가 어머니가 저랑 동생을 둘이서만 기차에 태워서 서울에 있는 이모네로 보낸 적이 있어요. 그러면서 하신 얘기가 "입은 괜히 있는 게 아니다. 길을 잃으면 사람들한테 물어보고 가라" 이거예요. 그렇게 하면 갈 수 있을 거라고. 그리고 초등학교 때 저희 집이 대구 제일 끝에 있었거든요? 번화가를 가려면 버스 타고 1시간을 나가야 돼요. 그런데 어머니가 매 주말마다 용돈을 주시면서 이 돈으로 동생이랑 번화가에 가서 먹고 싶은 거 먹고 사고 싶은 거 사서 돌아오라고 하셨죠. 하하 그 어릴 때. 그때는 놀러 간다는 게 마냥 좋았는데 지금은 그게 다 어머니의 의도된 교육이었다는 생각이 들어요. 어디로 갈지, 무엇을 할지, 어떻게 할지를 계속해서 생각해 내야 했으니까요.

그리고 사야 하는 품목 중에 항상 책이 있었거든요. 물론 어린 저는 다 만화책만 사긴 했지만 그러면서 책에 대한 거부감 없이 '책은 항상 재밌는 것이다'라는 인식을 가지게 된 것 같아요. 유시민 작가의 글쓰기 특강을 보면 독서교육법에 대한 이야기가 나오는데 어머니가 하셨던 거랑 정말 비슷하더라고요. 책을 스스로 선택할 수 있게 해 주는 교육법이요. 그런 식으로 어머니에게 감사한 게 참 많아요.

그리고 아버지가 일찍 돌아가셨지만 저희 집이 못사는 집은 아니었어요. 친척분들이 기업을 크게 하셔서 저는 그 덕을 굉장히 많이 받고 살았어요. 어릴 때 잠시 친가와 연을 끊고 살던 시절이 있어서 그때는 가난하고 힘들었는데 나이가 들면서 다시 친가와 가까워져서 돈 걱정은 크게 하지 않고 살 수 있게 됐죠. 삶의 양면을 다 경험해 보았다고 해야 하나, 가난해 보기도 하고 그렇지 않아 보기도 하고… 지금도 생활비는 집에서 부족하지 않게 보내 주시거든요. 그런 환경에도 또 감사해요.

인생의 위기 혹은 크게 후회한 경험이 있나요?

후회되는 건, 저는 원래 삶에는 행복만 있는 게 아니고 어려움도 있는 게 당연하다고 생각해서 후회는 잘 안 하거든요. 그런데도 최근에 정말 후회됐던 게… 내가 나를 너무 돌보지 않았다는 생각이 들더라고요. 공부를 시작하고 나서 남들보다 늦었다는 압박감이 좀 있었어요. 그 간극을 메우려면 내가 할 수 있는 건 더 속력을 내는 수밖에 없었고 그래서 항상 공부만 해야 된다는 강한 강박관념이 있었어요. 생활의 거의 모든 요소가 공부 효율성을 높이는 데에 포커스 맞춰져 있었어요. 밥도 그렇고 운동 같은 것도 그렇고. '공부를 더 잘하려면 운동을 해야 돼' 이런 식으로요. 그런데 계속 그렇게만 살다 보니까 자연스럽게 친구들하고도 멀어지고 여자친구를 사귀어도 데이트를 하는 게 즐겁지가 않더라고요. '내가 지금 해야 되는 공부는 안 하고 이렇게 놀고 있다니' 이러면서.

항상 그런 게 스트레스로 다가오다가 요즘에서야 제가 스스로에게 어떤 휴식시간을 제공하지 않았다는 생각이 들더라고요. 항상 스스로에게 쫓기고 있었으니까. 쫓아가야 된다고 생각을 하고 있었으니까… 근데 이게 1년 정도 괜찮았는데 올 초부터 기복이 심해지면서 이번에 정말 제대로 번아웃이 와서 지금 거의 손에서 공부를 놓은 상태예요. 물론 제가 하고 있는 다른 프로젝트는 잘하려고 하고 있지만 옛날만큼의 시너지가 나지는 않는 것 같아요. 열정도 좀 덜한 것 같고… 미래의 내가 본다면 굉장히 안타까워할 것이고 과거의 내가 본다면 굉장히 답답해할 만큼 예전의 템포를 잃은 느낌, 그런 느낌으로 살아가고 있어요.

그래서 요즘 많이 하는 생각이 그런 거예요. 너무 나를 혹사시키기만 하고 행복할 시간을 안 줬구나. 내 관리를 잘했더라면 이렇게 급격하게 다운되지 않고 유지해 나갈 수 있었을 텐데. 지금도 어떻게 스스로를 가꿔야 될지 잘 모르겠어요. 어떻게 힐링을 해야 하는지. 그런 게 고민이라면 고민이고 그걸 미리 생각해 보지 않은 게 후회라면 후회예요. 그래도 그냥 지금껏 나를 혹사시킨 행위에 대한 벌? 이라는 생각으로 담담하게 받아들이려고 하는 중이에요.

삶의 철학이나 신조가 있나요?

음, 일단 저의 신조 같은 말을 하자면 손자병법에 나오는 '지피지기 백전불태'라는 말을 정말 좋아해요.

상대를 알고 나를 알면 백 번 싸워도 흔들리지 않는다?

네, 그거요.

제가 중학교 때 우연히 손자병법을 읽고 나서 아직도 매년 다시 읽을 정도로 아주 좋아하는데요, 사람들이 '지피지기 백전백승'이라고 더 많이 알고 있는데 백전백승은 어디서 나왔는지 모르겠지만 잘못 전달된 거고 백전불태가 원문이에요. 무조건 다 이기는 게 아니고 상대를 대할 때 내가 흔들리지 않는다, 불안해하지 않는다 이런 뜻이에요.

이게 어느 상황에서든 다 마찬가지예요. 제가 국토대장정 후원서를 낼 때도 이 원칙은 꼭 지켰었고, 면접을 보러 가거나 시험을 봐도 마찬가지예요. 전에 어떤 회사랑 중요한 미팅을 한 적이 있는데 그때도 마찬가지였어요. 그 회사에 대해서 치밀하게 조사하고 내가 가진 역량은 무엇인지에 대해서도 치밀하게 분석하고 나면 미팅을 할 때 전혀 떨림이 없는 상태가 돼요. 그러면 일은 당연히 잘 되는 식으로 나아갈 수밖에 없어요. 그러니까 백전불태가 더 옳다고 봐야겠죠. 항상 이길 수는 없지만 그 상황을 최선으로 만들 수는 있으니까요.

그리고 스물한 살 때인가 제 작업 공간에 큰 보드판이 있었는데 거기에 적어 놓은 말이 '나보다 나은 나'예요. 항상 내 부족한 점을 개선시켜서 매일같이 더 나아진 내가 되자. 그럼 언젠가는 내 꿈에 도달할 거다. 이런 마인드에서 나온 말인데 지금도 여전해요.

성장 욕구가 어마어마하신 것 같아요.

맞아요. 왜 그렇게 됐을까요? 엄마 때문인가?

그리고 이건 신조라기보다는 충동 같은 건데 저는 항상 약자를 보면 어떤 충동 같은 연민이 일어나거든요. 예를 들어 어떤 분이 리어카를 힘들게 끌고 가면 가던 길도 멈추고 도와 준다거나 하게 돼요. 특히 요즘처럼 개인의 역량을 발휘해서 먹고 살아가야 하는 자본주의 시대에 신체에 장애가 있는 분들은 정말 약자잖아요. 그분들이 살아가려고 노력하는 정도에 비해 그에 따른 보상이 너무 작은 걸 보면 막 이상한 분노 같은 게 끓어올라요. 근데 또 요즘은 그런 마음이 조금 무뎌진 것 같기도 해서 걱정이에요…

아 그리고 이건 제 요즘의 인생철학 같은 건데, 우리가 미래를 대비하기 위해서는 어떤 자원을 확보해 놓아야만 하잖아요. 그런데 우리가 물질적 자원을 갖추기는 힘들어요. 특히나 이 나이 대에는. 부동산이 있는 것도 아니고 통장 잔고가 많은 것도 아니고. 그래서 지금 이렇게 불안한데 어떻게 하면 미래를 대비할 수 있을까 고민을 했더니 딱 두 가지가 효율적이라는 생각이 들었어요.

첫 번째는 지식 자원. 내가 지금 당장 돈은 못 벌지만 풍부한 지식을 가지고 있으면 미래에 어떤 힘든 일이 닥쳤을 때 더 잘 헤쳐나갈 수 있겠다는 생각이 들었어요. 두 번째는 인적자원. 뛰어난 친구들이 주변에 있고 그들과 함께 한다면 나중에 어떤 기회가 주어졌을 때 나 혼자서는 못해낼 일이라도 함께라면 할 수 있겠다는 생각이 들었어요. 그래서 항상 그 두 가지를 추구하려고 굉장히 많은 노력을 해요. 지식과

인적자원. 어떤 모임에 가는 것도 그냥 어울려 노는 모임보다는 같이 있을 때 각자의 역량이나 능력이 더 발전되는 형태의 모임에 가려고 하거든요.

아무튼 그렇습니다. 제 가치관들이 다양하기는 한데 그중에서도 1등을 뽑자면 역시 '지피지기 백전불태'인 것 같네요. (웃음)

전공이 어떻게 되세요?

저는 IT를 전공으로 하고 있어요.

IT를 선택한 이유는 무엇이었나요?

처음 수능 공부를 할 때 가고 싶었던 과는 경제학과 아니면 사회학과였어요. 공부를 하는 이유 자체가 세상이 돌아가는 것을 더 잘 파악하기 위함이었는데 그때 저는 경제가 이 세상을 견인한다고 생각했거든요. 그리고 거기에 더해서 사회를 구성하고 있는 개개인에 대한, 집단에 대한 탐구를 하는 사회학까지 알면 세상이 돌아가는 것을 정말 잘 파악할 수 있을 거라고 생각을 했어요.

그런데 2016년에 알파고 쇼크가 일어났고 그때부터 4차 산업 혁명 관련 콘텐츠가 붐이 일기 시작하더니 2017년 말에 제가 두 번째 수능을 마치고 나서 보니까 그때는 진짜 관련된 학과도 훨씬 많이 늘어 있고 관련된 책도 쏟아지게 나오고 있더라고요. IT 분야에 관심이 갈 수밖에 없었어요. 관심이 가니 당연히 공부를 해 보게 됐죠. 수능 마치고 한 달 이상을 IT 관련 자료 찾아보는 데 썼던 것 같아요. 다큐멘터리랑 기사 같은 거 다 찾아보면서. 그러고 나서 느낌이 딱 왔죠. '세상을 견인하고 있던 건 경제가 아니었네. 기술이 경제와 세상을 견인하고 있었구나' 그래서 그때 '그래, 나는 앞으로 반드시 IT를 배워야겠다'라는 생각을 하게 됐고, 다행히 수학 과목 점수가 나쁘지 않아서 교차지원을 통해 IT 전공으로 입학하게 됐습니다.

전공에 대한 이야기를 조금 더 하자면 학교 들어오고 처음에 '멋쟁이 사자처럼'이라는 코딩 동아리에 우연히 들어가게 됐어요. 그때 코딩이라는 걸 처음 해 봤는데 예전에 하던 디자인이랑 비슷한 느낌이 들더라고요.

어떤 부분이요?

사람들은 옷이 만들어지는 과정이 단순히 디자이너가 머릿속으로 구성한 걸 그림으로 그린 뒤에 제품으로 만들어 내는 거라고 생각할 수도 있지만, 그 사이에는 반드시 도안을 만드는 과정이 있어요. 무작정 작업을 시작하기에 앞서 어떻게 작업할 것인지에 대한 구체적인 틀을 잡는단 말이죠. 프로그래밍도 마찬가지예요. 코드를 써내려 가기 전에 반드시 그런 과정이 필요해요. 내가 이 로직을 어떻게 짜고, 데이터베이스는 어떻게 연결시키고, 역할은 어떻게 나눌지 그런 걸 계획하는 과정. 그게 잘 되어 있으면 코드 짜는 건 그냥 텍스트로 옮기는 것밖에 없거든요. 그 과정이 너무 똑같다는 생각이 들었어요.

'과학도 예술이다. 예술을 모르는 과학자는 과학자가 아니다' 이런 문장을 본 적이 있는데 엄청 공감됐어요. 예술과 IT의 동질감… IT 재미있어요. 오히려 디자인 할 때보다 더 재미있는 게, IT는 뭔가를 만들 때 물리적 자원이 거의 들어가지 않거든요. 정말 무궁무진하게 만들 수 있고 활용 범위도 무한대에 가깝기 때문에 저한테는 훨씬 재미있게 느껴져요.

미래의 자신은 어떤 사람이었으면 좋겠나요?

항상 도전하는 사람이었으면 좋겠고 남들과 나누는 사람이었으면 좋겠어요. 또 좋은 영향을 끼치는 사람이었으면 좋겠어요. 최근에 든 무서운 느낌인데요, 저희처럼 기술하는 사람들은 워낙 전공에 필요한 지식 구덩이가 깊으니까 계속해서 깊게 파게 되잖아요. 부족한 것도 많고 알아야 하는 것도 많으니까. 그런데 그러다 보면 자연스럽게 사회에 대한 관심이 줄어들고 인문학적인 부분을 소홀히 하게 된단 말이죠. 저는 이타적인 마인드를 굉장히 중요하게 생각하는데 어느 순간 제 이타적인 감각이 무뎌졌다는 걸 느꼈어요. 언덕에 리어카를 끌고 가는 사람을 봤는데 옛날이었으면 스스럼없이 도와줬겠지만 하루는 고민이 되는 거예요. '꼭 내가 도와줘야 되나?' 이런 생각이 들더라고요. 그러면서 내가 변했다는 생각이 들면서 조금 무서워졌어요. 제가 미래에 이렇게 이기적인 나쁜 사람은 안 됐으면 좋겠고 항상 남을 위할 줄 아는 좋은 사람이 됐으면 좋겠어요. 그게 제가 되고 싶은 모습입니다.

또 외적인 부분에서 꿈꾸는 인생의 최종 목표 중 하나는 역시 교육이에요. 지금의 이런 주입식 교육 시스템이 정말 마음에 안 들거든요. 저는 누구나 스스로 하고 싶은 일을 고민하고 거기에 몰두하면 엄청난 효율성, 압도적인 퍼포먼스가 나올 수 있다고 생각하는데 환경이 그렇지가 못하단 말이죠. 저는 정말 그걸 너무 바꾸고 싶어요. 그래서 어떤 형태로든지 간에 지금과 다른 교육시스템 혹은 학교를 만들어서 학생들이 좋아하는 일을 찾고 그 일에 필요한 역량을 키울 수 있도록 돕고 싶어요. 그리고 인성 교육을 통해서 학생들의 이타적인 가치관을 키우고 싶어요. 그런데 아무리 생각해 봐도 이렇게 교육 전반을 바꾸는 게 저 혼자서는 힘들 것 같단 말이죠. 하지만 뜻이 비슷한 사람들끼리 모여서 다음 세대들을 교육하고 이 가치를 제공한다면, 그리고 그 교육 받은 친구들도 성장한 후에 이 뜻에 힘을 합친다면, 그렇게 점점 많은 사람들이 힘을 합친다면 가능할 수도 있겠다는 생각이 들더라고요. 그래서 그런 친구들을 많이 이끌어 내서 현재의 교육시스템을 바꾸는 게 목표라면 제일 큰 목표예요.

한국의 20대로서 사회에 불만을 느끼는 점 혹은 개선이 필요하다고 생각되는 점은 무엇인가요?

여러가지가 있지만 역시 제가 느끼는 가장 굵직한 건 교육의 환경적인 부분이죠. 저는 개개인의 타고난 역량 차이는 그렇게 크지 않다고 보거든요. 역량을 발현시키는 것에 있어서 가장 강력하게 작동하는 요소는 유전자가 아니라 어린 시절부터 겪어 온 환경이라고 생각해요. 학생들이 더 많은 선택권을 가지고 보다 능동적으로 살아갈 수 있도록 사회문화나 분위기가 많이 바뀌었으면 좋겠어요.

지금 저랑 프로젝트를 같이 하는 친구들이 있는데, 다 이십 대 초반이에요. 처음엔 다들 의견도 잘 안 내고 제가 실력이 더 뛰어난 게 아닌데도 제가 제시하는 의견만 따르려는 모습이었거든요. 그래서 제가 그 친구들에게 항상 했던 말이 너의 영향력이 미약하다고 생각하지 말고 그 한계를 두지 말라는 거였어요. 안 해 봤을 뿐이고 할 생각을 못해 봤을 뿐이지 같이 하면 할 수 있다고요. 그런데 자랑을 좀 하자면 이번에 결국 저희 팀이 학교 IT경진대회에서 은상을 받았어요. 몇 달 동안 다같이 노력해서 만든 프로그램으로요. 다들 놀랐죠. 지금까지 2학년 팀이 수상한 적은 없다고 알고 있거든요.

요즘은 이 프로그램을 더 보완하고 사업적인 부분도 계획하면서 창업경진대회를 준비하고 있는데, 얼마 전에 이 친구들이 이런 말을 하는 거예요. "우리 정말 창업할 수도 있겠다. 우리 아직 어리지만 진짜 창업자 될 수도 있겠다" 정말 진지하게 그 얘기를 하면서 자기가 생각해 온 여러가지 계획을 내놓는데, 처음과 너무 다른 모습인 거죠. 그걸 보면서 다시 한번 느꼈어요. 역시 중요한 건 환경과 인식이지 어떤 과제를 받았는지가 아니라는 걸.

세대갈등이 심각해지고 있는 요즘 서로를 이해하려는 노력이 필요할 텐데요, 20대는 어떠한지 알기 위해 이 책을 펼친 독자들이 있다면 그들에게 도움을 줄 수 있는 말은 뭐가 있을까요?

네, 기성세대와의 갈등은 저도 굉장히 많이 고민했던 주제 중에 하나예요. 그럼 기성세대 독자들에게 하고 싶은 말을 하면 되겠네요. 우선 이 책을 펼쳐 봐 줘서 고맙다는 말을 하고 싶어요. 노력의 시작에 진심으로 감사하다는 말이요. 그다음으로는 분명히 그들도 20대를 거쳐 왔지만 시대는 계속 변하기 때문에 지금의 20대는 유일하고 가치관과 생활양식이 그들과 다를 수밖에 없다, 때문에 20대를 이해하고자 한다면 그들의 20대 시절 기억을 소환해 내기보다는 그저 20대 사람의 이야기를 그 자체로 들어보는 노력을 해 주기 바란다, 그런 말을 하고 싶어요.

그리고 이건 별개의 이야기이지만 간혹 20대 중에는 상대가 자기 마음에 안 들면 그냥 '꼰대'라고 말해 버리는 사람들이 있는 것 같아요. 유시민 작가가 꼰대를 '반지성주의의 표본'이라고 표현한 적이 있는데 반지성주의에 초점을 맞춘다면 그들 또한 꼰대와 다를 게 없는 것 같아요. 자기 생각만 하고 자기 이야기만 하면서 남의 말은 듣기 싫어하는데 어떻게 대화가 되겠어요. 기성세대나 20대나 상대를 이해하려는 노력 없이 자기랑 다른 생각을 가졌다고 욕부터 하는 걸 보면 '무식한 사람들끼리 싸우네'라는 생각이 들기도 해요. 만약 20대가 기성세대로부터 이해를 끌어내고 싶다면 꼰대라고 비꼬는 것보다는 분명하게 문제의식을 가지고 현명한 방식으로 문제 제기를 하는 게 좋을 것 같아요.

질문은 끝났어요 결 씨. 마지막으로 하고 싶은 말이 있나요?

인터뷰를 하면서 예전의 제 모습을 떠올리다가 심장이 두근거리는 느낌을 받았어요. 요즘은 정말 번아웃 상태로 바닥을 기고 있었기 때문에 내가 이랬었는데… 하면서 슬픔이 느껴지기도 했고요. 나를 더 아끼는 변화된 모습으로 빨리 예전의 활기를 되찾고 싶다는 생각이 들어요. 인터뷰가 끝이라는 게 너무 아쉬운데 그래도 마지막 말을 하자면… 이런 경험을 하게 해 줘서 굉장히 감사하다는 말을 하고 싶습니다. 저를 인터뷰 해 주신 분께, 그리고 저에게. (웃음)

블로그: https://blog.naver.com/gyul611

한효희

전 졸업을 정말 하고 싶었거든요. 왜냐하면 태어나서 한 번도 자유인인 적이 없었어요. 학교를 20년 넘게 다녔으니까. 이제 정말 사회가 나에게 부과하는 모든 게 끝났을 거라는 생각에 기뻐했죠. 그런데 자유의 무게는 너무 무겁더라고요. 마냥 좋은 게 아니라는 걸 느꼈어요. 마치… 지금까지는 가이드와 동료가 있어서 다 같이 지정된 길을 걸어왔는데 졸업을 하니까 모두 없어진 느낌. 숲 한가운데 홀로 덩그러니 던져진 느낌이었어요.

3. 한효희

간단한 자기소개 부탁드려요.

저는 한효희라고 하고요, 나이는 93년생 27살이고 만으로는 25살입니다. 이번 년도 2월달에 대학교를 졸업했고 요즘은 계속 구직 중에 있습니다. 아직 취업을 못했어요.

10년 전의 자신이 기억나세요? 그때의 나에게 해 주고 싶은 말이 있을까요?

10년 전이면 제가 17살 때였는데 한국에서 고등학교 1학년을 다니다가 자퇴를 했어요. 그때가 제 인생에서 제일 힘들었던 시기라고 할 수 있죠. 그때의 나에게 하고 싶은 말이라면… 너무 고민에 빠져 살지 말고 그냥 살아라. 그냥 살면 된다.

어떤 게 그렇게 힘들었어요?

대학에 대한 고민도 있었고, 가족과의 갈등도 많았고, 학교도 너무 가기 싫었고, 이게 내 길이 아닌 것 같은데 이 시스템을 벗어나기엔 너무 두렵기도 하고 막연하기도 해서 고민이 많았어요.

시스템이라는 건 교육을 말씀하시는 건가요?

네, 교육도 그렇고, 모든 사람들이 걷는 길? 정해진 길? 그런 한국 사회의 시스템이요.

자퇴는 왜 하셨어요?

음… 학교에서 저녁까지 공부하고, 학원 갔다가, 새벽 1시에 집에 와서 자고, 6시에 일어나서 또 학교 가고, 토요일도 똑같고 방학도 없고… 그런 게 너무 싫었어요. 때리기도 너무 많이 때렸고요… 아 그리고 제가 학기 초에 눈을 좀 다쳐서 입원한 적이 있었거든요. 그때 한 번 시험을 망치니까 그 뒤로도 공부할 엄두가 안 나더라고요. 그것 때문에 학기 초에 학교에 적응을 잘 못했어요. 그래서 집에서 공부해서 검정고시를 치르려 했었는데 부모님이 반대를 하셔서 결국 미국으로 유학을 갔죠. 그런 걸 사람들이 '도피 유학'이라고 하죠. 맞습니다. 도피 유학을 갔습니다.

홈스테이 하셨어요?

네, 미국인 가정에서 홈스테이를 했습니다. 그 집에 저처럼 도피 유학 온 한국 사람이 한 명 더 있었는데, 아주 사이가 안 좋았어요. 마치고양이와 개처럼. 처음 봤을 때 조금 먼저 왔다고 텃세 같은 걸 부리더라고요. 저는 그런 걸 참을 수 없어 하는 성격이었고요. 둘 다 고등학생이기도 해서 약간 서열 따지는 그런 게 있었죠. 그래서 사이가 안 좋았는데 반년쯤 같이 지내니까 또 미운 정이 들어가지고 티격태격하면서 잘 지냈습니다. 한국 와서도 종종 봤어요.

홈스테이 가정은 어땠어요?

정말 천사 같은 집이었어요. 어머니가 있고 아이가 다섯 명이었어요. 너무 잘해 주셨죠. 한국 오기 직전에 담배를 피우다 걸려서 약간의 트러블이 있긴 했지만요. 한국 와서도 몇 년 동안 이메일도 주고받았었는데 요즘은 다들 어떻게 지내나 궁금하네요.

학교는 좋았어요?

학교는 사립학교였는데 한국인이 10~20명 정도로 좀 많았어요. 게다가 나중에 중국인들도 더 많이 오고 하면서 아시아인에 대한 인식이 점점 더 안 좋아졌어요. 그래서 저한테도 먼저 친해지고자 다가오는 사람은 없었어요. 놀리는 애들은 있었지만요.

어떻게 놀리는데요?

한국말 웃기게 따라하기도 하고, 아 한번은 거기 좀 논다 하는 애들이 저랑 친구랑 지나가니까 복도를 주르륵 막더라구요. 한국인은 중국의 만리장성을 지나갈 수 없다고 하면서. (웃음) 그런 식이었어요. 그래서 한국인들끼리만 놀았어요. 미국에서도 잘 된 건 아니었죠. 미국에 계속 있었으면 아마 죽도 밥도 안 됐을 거예요. 그래서 더 암울해졌죠. 더 암흑같은 시기로 빠져들었죠. 18살 때가 참 힘들었어요. 자살에 대한 생각도 많이 했고…

많이 힘들었겠어요…

네… 차라리 군대가 나았어요. '군대를 갈래? 그 시기로 돌아 갈래?' 하면 군대를 간다고 할 것 같아요.

그 이후의 이야기도 계속해 주세요.

19살에 중국에 가게 됐어요. 아빠가 중국에서 일하고 있었는데 저한테 문제가 생긴 걸 알고서 부른 거죠. 그때 동생이랑 엄마도 와서 가족 다같이 1년 만에 모이게 됐어요. 중국에서는 적응을 좀 잘했어요. 왜냐하면 거긴 학생들이 대부분 아시아인이었거든요. 나라 자체가 아시아 문화니까 적응이 어렵지 않았고, 내가 가진 문화가 주류이기 때문에 비주류에 속해서 마이너리티가 되는 그런 문제는 없었어요. 오히려 외국인들이 아시아 주류 문화에 편승해야 되는 그런 상황이었죠. 그래서 친구들이랑도 잘 지냈고 공부도 열심히 했어요. 가족이랑 다 같이 있으니까 잘 되더라고요. 그때 되게 재미있게 많이 놀았어요. 중국이 아주 물가도 싸고 술도 살 수 있고 담배도 살 수 있고 그래서요… 미성년자 제한이 법으로는 있었겠지만 검사도 잘 안 하고 특히 외국인이니까 항상 그런 사각지대가 있었거든요.

그러다가 졸업을 했습니다. 그 학교가 미국 시스템을 따르고 있어서 6월에 했어요. 20살 6월. 제가 졸업하면서 가족 다같이 한국에 들어와서 서울로 이사를 왔어요. 원래 부산사람이거든요. 그리고 대학교 원서 쓰고 입시 준비하고 운전면허 따고 알바도 하고 하다가 그다음 해에 대학교에 들어갔어요. 과는 철학과로요.

수시로 입학하신 거예요?

네, 수시로 입학했습니다. 보통 외국에서 고등학교 나오면 특례로 가는데 저는 3년이 안 채워져서 특례는 안 됐고, 글로벌 전형이라고 해서 외국 고등학교 나온 사람만 지원할 수 있는 전형으로 갔어요. 내신 성적도 보고 영어 점수도 보고 자기소개서, 이력, 면접 등을 다 보는 전형이었어요. 근데 학교 내신 성적은 거의 안 봤던 것 같아요. 한국 학교는 평균 8등급이었거든요. 미국, 중국은 지금 학점으로 환산하면 3.4~4.0 정도였어요. 대신 영어 점수랑 다른 것들을 많이 봤던 것 같아요.

철학과는 왜 가고 싶었어요?

음 처음엔 경제학과를 가려고 했어요. 고등학생 때 주식을 좀 했는데 저랑 잘 맞고 재미있는 것 같아서 경제학과 나와서 펀드매니저 같은 걸 하려고 했어요. 근데 20살에 SAT학원을 다녔는데 거기 어떤 선생님이 버클리대학교 철학과를 나왔대요. 그 사람이 말하는 게 워낙 신비로우면서도 거짓말 같기도 해서 지금도 그게 진짜인지 아닌지는 모르겠지만요. 아무튼 그 선생님이 수업 때 뭔가 철학적인 얘기를 많이 했어요. 예를 들면 '아무도 없는 숲에서 나무가 쓰러졌다. 그렇다면 그 나무는 쓰러진 것인가? 쓰러졌다고 말할 수 있는 것인가?' 뭐 이런 거요…

효희 씨는 어떻게 생각하세요?

저요? 그 얘기를 하면 1시간 넘게 걸릴 것 같긴 한데요, '나무가 쓰러졌다'라는 진술은 참인가 거짓인가. 그런데 그 진술이 인간의 존재 없이 존재할 수 있는가. 인간의 사고가 있기 때문에 그런 진술이 있는 게 아닌가. 결국 '나무'라는 것도 언어잖아요. 그런데 그건 인간의 체계예요. 나무가 지칭하는 게 뭘까. 나무라는 말과 실제 세계의 그 나무. 그렇게 연결이 되는 게 필연적인 시스템은 아니잖아요. 그런 면에서 문자 그대로 '나무가 쓰러졌다'는 것이 인간 없이 존재할 수 있는가에 대해서 생각을 해 봐야 될 문제인 것 같아요. 만약에 어떤 사실이 있는데 그걸 아무도 모른다면 그 사실이 일어났다고 할 수 있을까요? 그렇다고 하더라도 그 사실이 기록될 수 있는 어떤 곳이 있는 것도 아니고요. 복잡구리한 문제죠.

나중에 철학 공부하면서 알았는데 참 유명한 예제였죠. 그런 거 있잖아요, 칠면조가 자기는 지금까지 안 잡아 먹혀서 평생 안 잡아 먹힐 줄 알았는데 결국에 잡아 먹히는 거. 귀납의 오류. 어쩌다 이 얘기가 나왔죠? (웃음) 아무튼 그 선생님이랑 이런 얘기를 많이 했는데 너무 재미있는 거예요. 평소 제가 하던 생각이랑 똑같고. '내가 보는 빨간색이 너가 보는 빨간색이랑 같을까? 너는 이 빨간색을 노란색으로 보고 있지 않을까?' 이런 거요. 그리고 그때가 책도 많이 읽고 불교에도 관심이 많던 때라서 정말 계시처럼 다가왔어요. 아주 확고하게. 난 철학을 해야겠다. 철학자가 되어야겠다. 그런 생각에 철학과를 가게 됐어요.

대학교 1학년 때는 공부도 재미있게 했고 책도 많이 읽었고 밴드랑 문학회 활동도 열심히 했어요. 밴드에서는 기타 치고 보컬 하고 음악도 만들고 베이스랑 드럼도 치고… 축제 때 공연까지 하고 한 학기 마치니까 이제 그만하고 싶었는데 제가 맡은 역할이 많아서 사람들이 쉽게 안 떠나 보내 주더라고요. 그래서 그 인정에 힘입어 한 학기 더 하게 됐죠.

왜 더 하기 싫었는데요?

밴드에 별로 매력 있는 사람이 없었어요. 또 중학교 때도 한창 밴드에 몰두한 적이 있어서 그땐 음악보단 공부, 철학, 책 이런 걸 더 하고 싶었어요.

문학회는 철학과 소모임이었는데… 철학과 오티를 갔는데 그때가 제가 문학에 관심이 많을 때라서 회장님이 문학회 설명하는 걸 듣고 가입을 하게 됐어요. 그리고… 그 회장 누나를 또 보고 싶은 것도 있었고요. 아무튼 그래서 매주 문학회 모임이 있었는데, 주로 단편소설을 읽어 와서 그거에 대해서 분석하고 토론하는 거였어요. 제가 장편만 읽다가 처음으로 단편을 읽게 된 건데 그것도 그것대로의 매력이 있더라고요. 매일 그 시간만 기다렸어요. 정말 재미있게 활동을 했죠.

한 학기 활동이 끝날 쯤에는 다들 단편소설을 하나씩 썼어요. 그래서 저도 '유리밀실'이라는 제목의 단편을 하나 썼죠. 도서관에서 영감을 얻어서 쓴 건데요, 도서관에서 공부를 하는데 파리가 계속 유리에 부딪히면서 밖으로 못 나가는 거예요. 안에서 계속 맴도는 거예요. 그거를 보면서 우리의 삶과 다르지 않다고 느꼈죠. 그래서 그런 내용을 썼어요. 근데 재미없어요. 사람들이 제 거 보고 어떻게 이렇게 재미없는 단편을 쓸 수 있냐고 했어요. (웃음) 그래도 그때 그렇게 처음으로 제대로 완성된 글을 썼어요. 그게 제가 글을 쓰게 된 시초였죠. 그래서 잠시 소설가가 되고 싶기도 했어요. 그런데 그 모임은 여름방학 되니까 흥미도 좀 떨어지고 사람들도 흐지부지해지고 그래서 여름방학까지만 하고 그만두게 됐어요.

여름방학에는 친구랑 유럽여행을 갔어요. 별로 뜻깊은 여행은 아니었지만요. 남들 다 가니까 가 보자 해서 갔죠. 그게 좀 후회가 돼요. 1학년 때 하던 특징적인 생각은 없었던 것 같고 지금도 항상 하는 삶에 대한 고민. 사는 게 뭘까 내가 누굴까 그런 생각하며 살았죠.

22살에 군대를 갔어요. 1월 7일에. 운전병으로 갔어요. 꿀 좀 빨려고 갔죠. 훈련소를 갔는데 너무 추운 거예요. 1월은 정말 너무너무 추웠어요. 하루하루가 고문 당하는 느낌. 4주 훈련 끝나고 한 달 동안 운전교육을 받았어요. 그다음 자대를 갔죠. 자대 처음 갔을 땐 너무 힘들었어요 진짜. 그냥 그 압박, 스트레스. 선임이 100명이 있고 저는 제일 막낸데 할 것도 많고 외워야 될 것도 많고.

외워야 할 게 뭐가 있었어요?

이상한 규칙이랑 법칙이 많았어요. 예를 들면 '뭐뭐 하십시오'는 '식사 맛있게 하십시오', '편안한 밤 되십시오', '수고하십시오' 이 세 개밖에 할 수가 없었어요. 이거 이외에 다른 '하십시오'를 하면 엄청난 갈굼을 받는 거예요. "맛있게 드십시오" 하면 "너 뭐라했냐?" 이러고… 또 무슨 말인지 모르겠을 때 보통은 "예?" 이러잖아요. 근데 여기선 엄청 혼나는 거죠. "다시 한 번 말씀해 주시겠습니까? 잘 못 들었습니다" 이렇게 해야 되는데.

그런 걸 외우고 체화해야 되는 게 너무 힘들었어요. 선임도 싸이코 같은 사람이었고요. 엄청 권위의식 같은 것에 쩔어 있는 사람이었어요. 허세에 찌든 양아치였어요. 그래서 휴가 처음 나왔을 때는 돌아갈 생각만 하면 불안하고 초조하고 그랬어요. 진짜 그때는 오늘이 마지막인 것처럼 버텼어요. 하루만 버티자, 진짜 딱 하루만 버티자 이 생각으로 하루하루를 버텼어요. 그런데 그 지옥 같은 시간도 흘러가더라고요. 한 상병 말쯤 되니까 일들이 풀리기 시작했어요. 저 싫어하던 사람들 다 나가고, 괴롭히는 사람도 별로 없고.

그 사람들은 어떻게 지내는지 모르겠네요. 21개월이라는 세월이 길다면 길고 짧다면 짧은데… 진짜 영원할 것 같기도 하고 하룻밤 꿈 같기도 하고 그랬는데 돌아보니 뭐 아무것도 남지 않은 기간이었죠. 2년이 통째로 사라진 느낌, 배운 건 아무것도 없고 그냥 바보가 되어서 돌아온 느낌.

군대에서 있었던 일들 더 이야기해 주세요.

음 처음 자대 생활관에 갔는데 거기에 한 4명인가 5명이 있었어요. 제 바로 맞선임은 저보다 한 달 위였고 그다음 선임은 저보다 1년 위였어요. 근데 그 1년 위 선임이 저랑 딱 1년 차이가 나서 제 아빠 군번이었거든요. 그래서 막 아들 왔다면서 저에 대한 기대가 되게 컸어요. 뭐랄까 조폭 같았어요. 나를 잘 키우겠느니 뭐느니 하면서 널 에이급으로 만들겠다 이러면서요…

첫날에 자려고 하는데 그 선임이 내일 아침에 자기가 눈 떴을 때 소녀시대의 미스터미스터 뮤직비디오가 나오게 해 놓으래요. 안 나오면 죽는대요. 그래서 제가 밤새도록 잠을 못 잤어요. 세상에 나밖에 없는 것 같고 다 내 적인 것 같고 너무 초조하고 불안했죠. 그러다가 아침이 돼서 딱 커튼 치고, 불 켜고, 걸레질하고, 그러고 나서 후다닥 티비를 켰어요. 근데 그게 올레티비였는데 전 올레티비를 안 써 봐서 어떻게 다루는지 모르겠는 거예요. 그래서 아 망했다… 하고 있는데 그 사람이 일어났죠. 욕 엄청 먹었어요. 진짜 밤을 샜는데…

그런 일도 있었고 생활관에서 방구 꼈다가 혼난 적도 있어요. 아침에 불 켜러 가다가 방구를 뀌었어요. 소리 안 나는 방구인 줄 알았는데 소리가 난 거죠. 근데 그 선임이 저한테 안 좋은 인식이 있는 상태에서 그런 일까지 겹치니까 니 진짜 왜 그러냐고 정신 나갔냐고 일부러 그러는 거냐고 하면서 엄청 혼냈죠. 제가 표정관리를 못하는 사람이어서 더 그렇기도 했고요. 다행히 그 사람이랑은 한두 달 같이 있다가 헤어졌는데 만약 그 사람이랑 계속 같이 있었으면 진짜 무슨 일 냈을 것 같아요. 왜 군대에서 사람 총 쏴서 죽이고 그런 일 가끔 있다고 하잖아요, 정말 이래서 그러는구나 싶더라고요.

저는 군대에 있을 때도 사람들한테 정을 많이 안 주고 그랬어요. 사실 우리가 접하는 세계는 정말 좁잖아요. 서울에서만 살면 서울 사람만 만나고 좀 잘살면 잘사는 사람만 만나고. 근데 군대에는 정말 다양한 사람이 표본으로 오니까, 특히 육군은 그중에서도 좀 안 좋은 표본이죠. 왜냐면 공부 잘하고 그런 사람들은 공군이나 해경이나 의경으로 다 빠지고 거기서 밀리고 밀리고 밀린 사람들이 가는 게 육군이니까. 또 심지어 육군에서도 좀 괜찮은 사람은 괜찮은 데로 빠지는데, 제가 간 데는 정말 평범한 보병사단이었어요. 딱히 좋은 사람이라고 생각되는 사람이 없었죠.

그냥 밥 많이 먹고 잠 많이 잤을 때 오는 행복만 있었지 별로 의미 있는 행복은 없었던 것 같아요. 그때는 그냥 내가 없었던 삶이었어요. 몰개성화된 하나의 군인. 전역하던 날은 좀 씁쓸했어요. 딱히 좋지도 않고. 이등병 때는 전역하면 소원이 없을 것 같았는데 막상 병장 다 되니까 전역 해도 그만 안 해도 그만인데 군대에 너무 익숙해져서 세상에 나가는 게 좀 무섭더라고요.

전역하고는 어떻게 지냈어요?

10월에 전역하고 카페 알바를 하다가 1월쯤에 그만두고 산을 다녔어요. 제가 11월쯤에 학교 친구랑 대관령을 갔었는데 그때 막 큰 배낭 들고 다니는 사람들이 되게 멋있어 보였거든요. 눈보라 몰아치는데 높은 산에 가고 그런 사람들도요. 그래서 그때 혼자 산을 많이 다녔어요. 한라산, 설악산, 덕유산, 소백산, 태백산 등 우리나라 높은 산은 다

갔어요. 그러면서 산의 세계에 눈을 떴죠. 등산 장비 모으는 취미도 생겼고요.

그러다가 3월이 되고 개강을 했는데 학교에 산악부가 있길래 바로 들어갔어요. 산악부 첫 산행을 관악산으로 갔거든요, 갔더니 공돌이 남자 4명이 딱 있더라고요. '어 뭐야 동아리에 왜 사람이 4명밖에 없어' 이랬는데 얘기를 해 보니까 그 사람들이 너무 매력적인 거예요. 특히 그때의 주장이 너무 좋았죠. 똑똑하고 친절하고, 정말 엄친아 같은 사람이었어요. 그래서 그 후로도 꾸준히 산악부에 나가게 됐고, 그렇게 산악부 생활을 즐겁게 하다가 오지탐사대라는 걸 알게 돼서 지원했는데, 덜컥 붙었죠. 그래서 5월부터는 오지탐사대 훈련에 몰두했어요.

오지탐사대가 뭐예요?

지금은 후원이 끊겨서 중단된 걸로 알고 있는데, 대한산악연맹에서 1년에 한 번 30~40명 정도를 뽑아서 4팀으로 나눠서 세계 각지의 오지를 탐험하는 그런 프로그램이에요.

저는 미국 PCT에 장거리 트레킹을 가게 됐어요. 히말라야나 키르기스스탄을 가고 싶었는데 PCT대장님이 저를 데리고 가셔서 어쩔 수 없이 가게 됐어요. 그래서 가기 전 7월까지는 매주 평일엔 학교 가고 금토일엔 지방 가서 훈련하는 그런 생활을 했죠. 제가 운행 역할을 맡았었는데 훈련을 하면 할수록 역할에 대한 부담감이 커져서 도망가고 싶기도 했어요. 육체적으로 힘들기도 했고 독선적인 대장님이 마음에 안 들기도 했고요. 그래서 갈까 말까 고민을 많이 했는데 어떻게 하다 보니 결국 가게 됐죠. 13명이서. 너무 아름다웠어요… 정말 로드무비 같았어요. 몸은 힘들었죠. 30킬로미터, 40킬로미터, 50킬로미터씩 매일 가야 할 길이 있고, 텐트랑 먹을 것 다 들고, 매일 다른 곳에서 자고. 그런데 모든 게 끝나고 보니 PCT는 정말 제 인생의 선물이었습니다.

오지탐사대를 다녀와서는 다시 산악부 생활을 열심히 했어요. 겨울에는 딱히 뭘 하지 않았는데 그냥 25살이 되어 갔죠. 곧 3학년이 되고 조금 있으면 졸업을 하니까 이제 현실에 대한 생각을 할 수밖에 없더라고요. 저는 제가 뭔가가 되어 있을 줄 알았어요. 저에 대한 환상에 빠져 있었죠. 근데 그게 그 겨울방학에 깨진 거예요. '내가 지금까지 생각만 하고 실제로 노력한 건 없었구나, 나도 그냥 평범한 사람이구나' 이런 생각이 들어서 굉장히 우울했고 좌절감이 많이 들었어요. 제 평범함을 받아들이는 시기였죠.

두려웠겠네요.

네, 맞아요. 두려웠죠. 하지만 제 자신을 더 객관적으로 볼 수 있게 된 중요한 시간이었던 것 같아요. 지금 생각해 보면 그런 시기가 왔을 때 낙담과 우울에만 빠져서 아무것도 안 하는 것보다는 현재 모습을 정확히 파악하고 새로운 목표를 이루기 위해서 노력해야 하는 것 같아요. 뭐라도 해야죠. 그래서 항상 조심해야 하는 것 같아요. 낙담에 빠져 삶을 낭비하는 걸.

겨울방학이 끝나고 다음 학기가 왔죠. 심리학을 복수전공하게 됐어요. 인간의 마음을 알고 싶었고 전부터 정신분석에 관심이 많았거든요. 그때는 딱히 무슨 일도 없었고 그냥 권태로운 나날들을 보내며 새로운 사건이 터지기만을 기다리면서 살았어요.

그렇게 또 한 학기가 끝났고 3학년 2학기엔 노르웨이로 교환학생을 가게 됐어요. 가서 그냥 학교 다니고, 아 근데 학교는 수업도 많이 없었고 잘 안 갔어요. 그 노르웨이 학교는 출석체크를 안 했거든요. 그래서 그냥 기숙사 친구들이랑 많이 놀러 다녔죠. 한국에 돌아왔는데 마치 노르웨이의 기억은 꿈이었던 것처럼 너무 자연스럽고 익숙했어요 한국이.

그리고 제가 산악부 주장을 하게 됐어요. 어깨가 무거워졌죠. 산악책도 사서 읽고 대학산악연맹 아카데미도 나가고 하면서 열심히 임했죠. 매일 새벽 1시에 잤고 아침에는 7시에 눈이 떠졌어요. 행복하고 흥분되고 재미있었죠 그 삶이. 무언가에 미쳐서 그렇게 열심히 산 건 처음이었던 것 같아요. 대신 학교는 다니기 싫어졌어요. 공부에 대한 의욕은 안 생기고 산악부에 대한 의욕만 커졌죠. 제 인생에서 가장 즐겁게 산 시기였던 것 같아요. 그렇게 또 한 학기를 마쳤죠.

주장을 하면서 느낀 점을 말해 주세요.

어떤 자리에 있느냐에 따라서 다양한 걸 볼 수 있는 것 같아요. 리더십도 몸소 많이 배웠는데 제가 정말 많이 느낀 건 솔선수범, 그리고 이기적이지 않기, 희생정신 이런 거였어요. 나중에는 기술적인 부분도 많이 필요하단 걸 알았어요. 조직역학적인 부분이랄까. 예를 들면 어떤 사람이 조직에 처음 들어왔을 때 그 조직에 동화시키는 과정이 형식적인 것 같지만 굉장히 중요하다는 거? 그런 거요.

그때 신입생 모집에 실수가 있었던 것 같아요. 신입생 20명 정도를 받아서 단톡방 하나에 따로 초대해 놨는데 집단심리 같은 게 발동해서 주말 산행 투표에 한 명이 안 간다고 하니까 한 명 한 명씩 자기도 안 간다고 하더니 결국 다 안 온 거예요. 한 번 그렇게 다 안 오고 나니까 그다음부터는 정말 다 안 나오더라고요. 한 번이라도 나오면 그래도 재학생들이랑 어울리면서 한두 번 더 나올 가능성이 생길 텐데 말이죠.

그래서 마침 오늘 현 주장한테 이 얘기를 해 줬어요. 요즘이 신입생 모집기간이거든요. 근데 이미 똑같이 했다고 하더라고요. 불안하네요. 오늘 낮에 외국인 신입생 2명이 왔었다는데 그때도 딱 외국인 신입생 2명, 이렇게 왔었거든요. (웃음)

또… 자기의 이해에 따라 행동하는 개인들을 한 방향으로 이끄는 리더십, 마음 같아서는 모두가 나처럼 헌신적이었으면 좋겠지만 그럴 수는 없는 거잖아요. 구성원들 모두가 내가 원하는 대로 행동하기를 기대할 수는 없으니까 조직의 지향점과 개인적인 동기가 만나는 핵심적인 부분을 이끌어 내야 하는 건데, 주장할 당시에는 잘 몰랐던 이런 심리학 지식들을 그때 이미 알아서 활용했더라면 더 좋았을 것 같아요. 조금 아쉽죠. 다시 해 보면 더 재미있겠다 정도요.

여름방학엔 한중일 대학생 교류등반대라는, 1년에 한 번 한 나라씩 돌아가면서 등반하고 교류하는 프로그램이 있는데 거기에 지원한 게 붙어서 중국 캉시카라는 산에 가게 됐어요. 4박 5일 동안 산 위에서 고소 적응 훈련도 하고 등정도 하면서 재미있게 지냈어요. 그게 끝나고 한국에 오니까 너무 허전하고 공허하더라고요. 그 여운이 너무 많이 남아서.

그렇게 좀 멍하니 지내다가 방학이 끝났고, 2학기 때도 제가 주장이었지만 1학기 때만큼 주장 일에 혼신을 다하지는 못했어요. 다른 일로 정말 행복한 시간을 보내게 됐거든요. 하지만 행복한 만큼 고통도 컸어요. 빛이 강하면 그림자도 강하듯이 제가 감내해야 할 많은 부분들이 있었죠. 정말 많은 생각을 하게 됐어요. 내 자신에 대해서. 사랑에 대해서. 나의 마음에 대해서. 이기심에 대해서…

호암관
경영관

졸업식 날의 추억들

그렇게 황홀하고 그만큼 힘든 삶을 살다가 졸업을 했죠. 졸업을 하고 취직이 될 줄 알았어요. 하지만 취업의 세계는 달랐죠. 아주 쓴 고배를 마셨답니다. 지금은 그때로부터 7개월이 지났는데, 여름 동안 저에 대해 많은 생각을 했어요. 제 진로에 대해서. 이게 나의 길인가? 나는 어떤 길을 가야 할까? 결국 사는 게 등산이랑 비슷한 것 같아요. 하지만 길이 없는 등산. 마치… 지금까지는 가이드와 동료가 있어서 다 같이 지정된 길을 걸어왔는데 졸업을 하니까 모두 없어진 느낌. 전 졸업을 정말 하고 싶었거든요. 왜냐하면 태어나서 한 번도 자유인인 적이 없었어요. 학교를 20년 넘게 다녔으니까. 이제 정말 사회가 나에게 부과하는 모든 게 끝났을 거라는 생각에 기뻐했죠.

그런데 자유의 무게는 너무 무겁더라고요. 마냥 좋은 게 아니라는 걸 느꼈어요. 숲 한가운데 홀로 덩그러니 던져진 느낌이었어요. 그렇게 던져진 20대의 숙명에서 많이 혼란스러웠던 것 같아요. 어느 길로 가는 게 제일 편하고 제일 좋을까. 산다는 게 자기만의 길을 가는 건데 편한 길은 결국 발자국이 많이 난 길, 남들이 많이 가는 길, 검증된 길. '야 저기로 가면 편하다더라' 이런 남의 길이잖아요. 그런 고민이 많았죠. 나의 길이 뭘까. 남들이 가지 않은 길이 좋은 걸까? 아니면 역시 좀 검증된 편한 길을 가는 게 좋은 걸까? 내가 뭘 가지고 있는지를 잘 알아야 하는 것 같아요. 침낭을 가지고 있는지 나침반을 가지고 있는지를 알고 그거에 따라서 갈 길을 정해 보는 거죠. 침낭이 있으면 추운 길을 갈 수 있고 나침반이 있으면 허허벌판에 갈 수 있으니까요. 결국 자기를 잘 아는 게 우선인 것 같아요.

졸업을 하고 나이가 27살이 되니까 초조함과 압박감이 점점 더 커져 가요. 사회에 뭔가 암묵적인 관습이랑 기준이 있으니까 '친구들은 하나둘씩 취직하는데 나는 뭐 하는 거지?' 이런 생각이 들고… '이상한 길로 갔다가 잘못되면 어떡하지…' 이런 걱정이 들고… 빠르고 쉽게 가려고 하는 것, 꼭 편한 길을 가려는 집착, 그걸 벗어던지는 게 용기인 것 같아요. 산과 똑같은 것 같아요. 매번 다르고 알 수가 없는 게. 어떤 때 어떤 산은 아무 기대도 없이 갔는데 하루 종일 올라도 안 힘들고 너무 좋고, 어떤 때 어떤 산은 엄청 기대하고 야심 차게 올랐는데 아무것도 남는 게 없고.

결국은 목표를 위해 사는 게 아니라 그 여정 자체를 사는 게 중요한 것 같아요. 목표에 매몰돼서 살기보다는 힘든 길을 가든 편한 길을 가든 매 순간의 길에서 의미를 찾을 수 있다면 그게 바로 잘 가고 있는 게 아닐까 하는 생각이 들어요. 그래서 요즘은 계속 방황만 하는 건 너무 막연한 것 같아서 인사 직무를 목표로 자격증도 준비하고 스펙도 넓히려고 하고 있습니다. 이번 년에는 이렇게 준비를 해야 할 것 같고 내년부터 제대로 지원할 것 같아요.

고민이 생겼을 때 조언을 구하고 싶은 사람이 있나요?

음… 석가모니요.

한국의 20대로서 사회에 불만인 점이나 개선되었으면 하는 점이 있다면 무엇인가요?

일단 존댓말이 없어졌으면 좋겠어요. 의사소통에 있어서 비효율적이고 불합리한 점이 너무 많아요. 일단 존댓말로 인해서 권위가 생기고 그 권위 때문에 투명하고 합리적인 쌍방의 의사소통이 불가능해지잖아요. 그래서 더 좋은 의견도 묵살되고 결국은 좀 비합리적인데도 그냥 권위자의 의견을 따르게 되는 경우가 많으니까 이런 게 사회적으로 봤을 때 엄청난 비효율이죠. 또 전체적으로 봤을 때 한국 사회가 세대간 갈등과 분열이 굉장히 심한데 이런 언어적인 장벽으로 인해 소통이 잘 안 되다 보니까 그게 더 심화되는 것 같아요. 자기 세대에만 빠져 있는 것 같고. 꼭 나이 많은 사람이 틀렸다는 게 아니라 20대도 20대만의 장벽을 벗어나지 못하고 그 세대에 갇혀 있는 것 같아요. 그래서 이런 존댓말…이라기보다도 언어의 구분? 이런 걸 없애는 것만으로도 많이 좋아지지 않을까 해요.

또 있나요?

입시 위주 교육이 많이 바뀌었으면 좋겠어요. 단순히 지식을 외우는 공부보다는 하나를 배워도 자기가 비판적으로 생각해서 자기 것으로 만들 수 있는 그런 공부로요. 지식을 배우는 게 아니라 지식을 도출할 수 있는 방법을 배우는 교육이 되었으면 좋겠어요. 연장선상으로 경쟁을 덜 유도하는 사회와 학교가 되었으면 좋겠고요. 결국 사회의 미래는 젊은 학생들이니까, 그들이 더욱 자유롭고 주도적일 수 있도록 돕는 게 미래에 발전을 일으키지 않을까 해요. 또 학생들이 머리를 볶든 염색을 하든 처벌하지 않았으면 좋겠고, 고등학생도 3시 되면 집에 갔으면 좋겠어요.

그리고요?

통일이 됐으면 좋겠어요. 안 그래도 나라가 좁은데 같은 민족끼리… 북한 땅도 가 보고 싶고, 완전한 백두대간도 가 보고 싶고, 차 타고 외국 나가고 싶기도 하고요. 아, 또 만 나이제를 도입했으면 좋겠습니다. 취업 시장 등 아직 나이를 많이 따지는 우리나라에서 불합리한 부분들이 많이 발생하게 되니까요. 외국에서 나이를 말할 때도 헷갈리고 기업이력서를 넣을 때도 만 나이 넣어라 그냥 나이 넣어라 다 다르고요. 혼란스럽잖아요.

20대를 이해해 보고자 하는 기성세대에게 도움이 될 수 있는 말이 있을까요?

일단 요즘 20대는 자기 삶이 가장 우선이에요. 가족, 직장, 정치 이런 집단적인 것보다요. 개인에게 미치는 시대적인 영향력이 기성세대 때보다 덜한 것 같아요. 자기 삶을 그냥 자기 원하는 대로 자기가 중심이 되어 자기의 신념대로 살려는 세대랄까요? 개인이 가장 중요한 거죠.

3 도전과 새로운 아이디어는 환영한다.
늘 호기심을 갖고 도전하자. 그리고 기다리지 말고 시작하자.

권수연

저는 사람들한테 대단하다는 말을 들을 때 뭔가 좋다기보다는 오히려 어깨가 무거워지고 더 잘해야겠다는 생각이 들더라고요. '대단하다'보다 사실 한번 더 제 입장에서 생각하고 '고생했다'라고 말해 주는 게 저는 더 고마워요. '저 사람 저걸 위해서 얼마나 노력했을까?' 이런 생각에서. 그래서 저도 저한테 '고생했다, 고생했다' 이야기해 주고 싶어요. 그때도 분명 나를 위한 삶보다 나를 통해 다른 사람을 비추는 삶을 살고 있을 테니까…

4. 권수연

안녕하세요 수연 씨. 간단한 자기소개 부탁드려요.

네, 안녕하세요. 저는 스스로에게 질문을 던지는 것이 어색하고 어려운 청년들에게 질문을 던지고, 그들이 원하는 삶을 원하는 방식으로 살아갈 수 있도록 돕는 라이프디자인 교육을 하고 있는 권수연입니다. 이게 제가 대학 입학하고 5년 동안 계속 풀고자 했던 문제이고 지금도 풀어나가고 있는 문제입니다. 라이프디자인 교육에 대한 소개는 뒤에서 더 자세하게 다룰 기회가 있을 것 같아 잠시 넘어갈게요.

저를 다른 키워드로 소개하자면 5천만보다는 70억과 소통하기 위해 한국인보다는 지구인으로 세상을 살아가는 지구인 권수연입니다. 언어의 한계 없이 전세계 사람들과 소통하고 싶습니다. 그리고 제가 교육학과인데, 사람을 바꾸는 게 교육이면 사회를 바꾸는 건 IT기술이랑 스타트업인 것 같아서 그 두 분야에도 많은 관심을 쏟고 있습니다. 사람들이 "교육학과인데 왜 그렇게 기술 쪽에 관심이 많냐, 혹은 창업을 하냐" 이렇게 많이들 물어보셔서 그것도 좀 특별한 점으로 소개할 때 얘기하고 있어요.

궁금한 점 투성이인데, 그래도 순서대로 들어보도록 할게요.

네, 제가 밑밥을 너무 던져놓은 것 같네요. 재미있을 만한 이야기들. (웃음)

수연 씨의 인생 스토리를 들려주세요.

제가 태어나서 마주한 가장 큰 두 분이 부모님이시니까 부모님에 관한 이야기부터 해 볼게요. 어머니는 제게 한없이 큰 사랑을 알려 주신 분이에요. 조건 없이 다른 사람을 사랑할 수 있는 법을 엄마로부터 배웠던 것 같아요. 제가 대학 입학하고 좀 힘든 날이 있었는데 그날 학교에 가는데 엄마가 갑자기 가방을 챙겨서 나오시더라고요. 그래서 어디 가시냐고 물었더니 "너 지하철역 데려다주려고" 하시는 거예요. 근데 저희 집이 학교에서 꽤 먼 편이었는데 지하철역으로 같이 오시더니 아예 학교까지 같이 오셨어요. 저 수업 듣는 동안 엄마는 카페에서 책 읽다가 수업 끝나고 같이 밥 먹고. 그냥 그 힘든 하루를 저랑 같이 보내 주셨어요. 물론 그때는 일을 안 하고 계셔서 가능했던 거지만요. 가장 힘든 순간에 누군가 곁에 있어 준다는 게 정말 큰 힘인데, 엄마는 항상 제게 그런 힘을 주셨던 것 같아요. 그리고 엄마가 성격이 원체 활기차고 귀여우셔서 저랑 친구처럼 지내거든요. 평소에 서로 막 외계어 하면서 놀고 뽀뽀하고 놀고 찌부하고 놀고 그래요. 요리하실 때도 맨날 노래를 하나씩 창작하세요. 호떡 만들면 막 "눌러, 눌러~!" 이러면서 만드시고. (웃음) 태어났더니 그런 어머니가 계셨어요!

그리고 아빠 같은 경우는 회사에서 존경 받는 리더. 일단은 정말 늘 성실하세요. "아빠 피곤하지? 좀 늦게까지 자" 하면 뭐 7시. 그러니까 항상 5시, 6시에 일어나서 하루를 시작하세요. 또 아빠가 회사 동료나 부하직원들이랑 통화하는 거 들을 때마다 너무 멋있었어요. 상대방 입장을 고려해서 굉장히 부드럽게 설득하고 배려하고 그러시더라고요. 갈등 상황에서의 커뮤니케이션 방법도 아빠를 보고 많이 배운 것 같아요. 예를 들면 엄마랑 저랑 어떤 갈등이 있으면 "엄마가 이런 이런 점에서 속상할 수 있었던 것 같고 수연이는 이런 마음이 들었겠는데, 혹시 수연이가 먼저 엄마한테 그 솔직한 마음을 이야기해 주는 건 어때?"라고 말씀을 하세요. 그 말을 들으면 저도 그렇게 해야겠다는 생각이 들더라고요.

그리고 이건 엄마도 마찬가진데, 항상 저랑 동생을 어른처럼 대해 주셨던 것 같아요. 저희가 아주 어릴 때도 집안 가구 하나 사는 걸 다 같이 결정했을 정도로요. 그래서 저는 엄마 아빠의 그런 모습들이 반반씩 섞인 사람이 되고 싶어요.

태어나자마자 너무 큰 스승들을 만났네요?

맞아요. 그런데 이건 좋은 것만 이야기한 거고, 저라고 왜 부모님하고 갈등이 없겠어요. 특히나 저는 어떻게 보면 남들이 가지 않는 길을 가고 직업을 직접 만들면서 살아가고 있는데요. 저는 우리는 이미 같은 배에 탔기 때문에 내가 이들을 설득하지 않으면, 또는 그런 노력을 하지 않으면 이 배는 그냥 멈출 거라고 생각을 하거든요. 그래서 항상 경험에 대한 공유를 하면서 진정성 있게 소통하려고 많이 노력하는 것 같아요.

예를 들면 저는 학교 안에서의 공부만큼 학교 밖에서의 활동을 정말 많이 했는데, '내가 세미나랑 컨퍼런스에서 무엇을 배웠고, 이걸 통해 깨달은 게 뭐고, 트렌드가 어떻게 바뀌고 있고' 이런 것들을 항상 글로 정리해서 카톡방에 올렸어요. 부모님이 읽든 안 읽든 상관없이요. 왜냐면 부모님 입장에서는 자세한 내용을 모르면 걱정도 되고 놀라실 수도 있으니까요.

제가 '스파크랩'이라는 스타트업 투자 회사에서 인턴을 할 때도 처음에 부모님이 스타트업이라는 것에 당황하실 수도 있을 것 같아서 "이 회사는 국내 유일한 글로벌 엑셀러레이터여서 외국처럼 일할 수가 있고 이 회사의 이런저런 점이 내가 원하던 것들이고" 이런 식으로 말씀을 드렸어요. 그리고 데모데이에도 부모님을 초대해서 스타트업이 무엇인지 느끼게 해 드렸고요. 뭐랄까… '얘는 그냥 내버려 둬도 알아서 잘하겠구나'라는 믿음을 주려고 계속 노력했던 것 같아요. 지금도 항상 함께하는 조력자로 만들기 위해 여러 노력을 하고 있고요. (웃음)

사실 한국 사회에서 부모 자식 관계라는 게 문화뿐만 아니라 경제, 법, 제도 등 모든 영역에 묶여 있어서 개인으로 분리되기가 절대 쉽지 않잖아요. 물론 이건 사회구조가 바뀌어야 할 문제겠지만 일단은 그렇기 때문에 가족 내부에서 각자의 권리만 주장하면 갈등이 생길 수밖에 없는데 수연 씨는 부

모님 입장도 공감해 가면서 활동을 하니까 화합의 상태로 나아갈 수 있는 것 같아요.

맞아요, 맞아요. 가끔은 부모님의 사랑 표현 방식이 저한테는 상처가 되거나 무언가 제지시키는 요인이 되기도 하는데, 그럴 때마다 부모님이 살아왔던 세계가 저의 현재 세계와는 다르다는 것을 이해하려고 노력하면 이해가 되는 것 같아요. '부모님은 왜 그럴까?'가 아닌 '부모님은 왜 그런 말을 할 수밖에 없었을까?', '부모님의 상황에서는 왜 그런 말을 하게 됐을까?'라고 고민해 보는 거죠. 그래야 같이 가는 것 같아요.

제가 최근에 제 모교에서 '나의 대학생활을 디자인하다'라는 주제로 특강을 했었는데요. 그후에 유튜브에 올라온 특강 녹화영상을 거실 티비에 틀어놓는 거죠. 그럼 부모님이 오며 가며 보면서 "아 우리 딸 멋진 말 했는데?", "괜찮네? 이거 애들 돈 내고 들어야겠다" 이러셔요. 또 "너 영어 열심히 했다더니 뭐 워크숍 한다더니 영어 진짜 잘해?" 이렇게 궁금해하시길래 최근에 정부행사에서 영어로 사회 진행한 거 녹음본을 틀어 놨더니 "너 영어… 발음 좋다!" 이러시고.

그러니까 표현하지 않으면 알 턱이 없어요 상대방은. 만약 부모님과 갈등하고 있는 20대들이 있다면 '부모님은 왜 그럴까?' 하기 전에 '나는 부모님에게 내가 하고 있는 노력과 성과들을 보여 주려는 시도는 했나?', '부모님은 나에 대해 충분히 알고 계신 걸까?'라는 고민을 해 보는 것도 좋을 것 같다고 말해 주고 싶어요.

부모님 이야기는 여기까지 하고 저는 인생스토리 하면 중고등학교 때부터가 생각이 나는데요. 음… 저는 여중 여고를 다녔었는데 행복하게 지내지는 못했던 것 같아요. 이렇게 인터뷰를 하면서 말하기에는 용기가 나지 않는 여러 일들을 겪으면서 관계에 대한 두려움이 많이 커졌던 시기였어요. 내 모습 그대로 다가가 표현했던 마음과 행동들이 오해를 사고 거절당하는 경험들이 쌓이면서 많이 힘들었어요. 그런 일들을 겪고 나니 '나한테 문제가 있는 건 아닐까?'라는 생각에 자책을 하기도 했고요.

그러다가 대학에 교육학과로 입학을 했는데 신입생 명단을 보니까 저희 때 하필 35명 정원 중에 32명이 여자인 거예요. 그러니까 저는 가기도 전에 덜덜덜덜덜. 왜냐면 그때는 이전의 일들이 그냥 '여자가 많은 집단이어서 그랬을 거야'라고 생각을 했으니까요. 그렇게 엄청 걱정을 했는데 막상 와 보니 친구들이 저를 마더 수레사라고 불러줄 정도로 제 마음을 그냥 그대로 좋게 받아주더라고요. 예를 들어서 저희 집이 부활절이 되면 거의 무슨 양계장이 돼요. 그래서 과방에 계란이랑 소금 놓고 "계란 가져가세요~!" 써놓고 그러거든요. 그런 것들을 친구들이 되게 좋아해 주고, 저도 그 모습을 보면서 조금씩 더 나아졌어요.

그러니까 '나'라는 사람은 똑같은데 주변 사람이 바뀌었다는 이유로 나에 대한 평가나 인정이 너무 달라지는 거예요. 그러고 나니까 고등학교 때 내가 선택할 수도 없는 좁은 반 안에서 옴짝달싹 못하면서 지낸 게 교육의 한 폭력적인 요소였을 수 있겠다, 나는 그것 때문에 학창시절 내내 힘들었던 것일 수 있겠다 라는 생각이 들더라고요. 왜냐하면 지금은 '이렇게 좋은 사람들이 주변에 있다고?' 할 정도로 좋은 사람들이 많아요. 지난 대학 특강 때만 해도 영상촬영 해 주려고 회사랑 군대 휴가 내고 와 준 친구들도 있었고, 다른 학교인데도 수업 빼고 와서 들어준 친구도 있었고. 그러니까 정말 과분할 정도로 저를 그냥 존재 자체로 응원해 주고 믿어 주는 사람들이 많아요. 그런데 이런 사람들 혹은 관계들은 학교에서든 학교 밖에서든 다 제가 선택한 거잖아요. 예전엔 그게 불가능했던 거죠.

또 외국을 갔다 온 경험도 사람에 대한 경계를 푸는 데 도움이 많이 됐어요. 경쟁이 없는 나라에서는 개개인의 개성이 더 인정받는 것을 보면서 '이런 사회, 이런 문화에서는 이런 일들이 가능한 거구나. 내가 잘못된 게 아니었구나' 이런 걸 느꼈거든요.

서로 깎아내릴 필요도 없고…

맞아요, 맞아요…

저는 5년 동안 선생님만이 유일한 꿈이었어요. 그래서 사회교육학과를 가고 싶었는데 뭐 입시가 마음대로 되지 않으니까 붙은 건 그냥 교육학과였고 복수전공이라도 하려고 보니 저희 학교에 사회교육과가 없어서 행정이나 경제를 해야 되더라고요. 그래서 그럴 바에 다시 공부해서 사회교육과를 가야겠다는 생각에 반수를 했어요. 또 당시엔 학벌주의자였어서 '내가 노력한 만큼 가지 못했어!' 이런 것도 있었고요.

그렇게 반수를 시작했고, 제가 느끼기에 정말 최선을 다했지만 떨어졌어요. 안 됐어요. 아마 그때가 인생에서 가장 못난 시기였을 거예요. 최선을 다해서 부딪혔는데 안 되니까 '난 해도 안 되는구나'라는 무력감에 빠지더라고요. 그래서 가족들 다 있는데 그 앞에서 "난 쓰레기야 블라블라블라~" 있잖아요, 정말 그 한없는 자조와 자책. 또 복학해야 되는데 동기들 보기도 너무 민망하고. 동기들이 엄청 응원해 줬는데.

근데 한동안 그런 시간을 보내다가 한번은 아빠를 따라서 새벽예배를 갔는데 거기에 'Arise and Shine'이라는 문구가 써 있었어요. '일어나라, 빛을 발하라'. 새벽 예배니까 일어나라고 적어 두신 것 같은데 저한테는 그 문구가 이렇게 다가왔어요. 'Shine, 나는 선생님이 돼서 누군가에게 좋은 영향을 주기 위한 목적은 있었어. 근데 그전에 Arise, 내가 나로서 온전히 서 있으려는 노력은 했나?' 그러니까 '나는 나를 알고, 나라는 사람에 대해 물어봤고, 충분히 나를 이해한 후에 샤인 하려는 건가?' 이런 질문으로요.

그제서야 문득 내가 나에 대해 알아야겠다는 생각이 들었고 집에 가서 바로 4절지를 꺼내서 '권수연'이라는 이름을 가운데에 적었어요. 그리고 그 옆에 나는 뭐할 때 행복하고, 좋아하는 건 뭐고, 싫어하는 건 뭐고, 내 성격이 내가 생각했을 때는 어떻고, 다른 사람들이 생각했을 때는 어떻고, 내 꿈은 뭐고 이런 것들을 색색가지로 적기 시작했어요. 그 4절지를 아직까지도 집에 붙여놨는데 그게 제가 처음으로 제 삶에 던졌던 질문인 거예요. 그전까지는 대학가는 게 너무 당연했고 교사 되는 게 너무 당연했는데 그 당연함 뒤에 있는 '나'라는 사람에 대해 묻기 시작한 거죠.

그러다 보니까 또 무슨 생각이 들었냐 하면 고3 교실에 늘 적혀 있는 '진인사대천명' 있잖아요. '노력하면 좋은 결과가 있을 거야'라는 그 말이 저한테는 늘 불문율이었어요. 졸리면 화장실 가서 뺨 때리고 올 정도로 엄청 독했어요. 근데 '노력하면 좋은 결과', '노력해도 좋은 결과가 안 나오네? 그들이 말했던 좋은 결과는 뭐였을까? 왜 아무도 과정은 안 물어 봐? 결과만 봐?' 이런 질문들이 던져진 거예요. '그 명제를 받아들일 거냐' 혹은 '나만의 명제를 새롭게 써 나아가서 나의 새로운 신념을 만들 거냐'를 결정지을 때가 된 거죠.

제가 내린 결론은 '나는 한 번의 결과가 나오는 시험형 삶은 싫다. 나는 과정이 배움이 되고 성장이 되는 삶을 살고 싶다' 이거였어요. 그래서 그때부터 굉장히 learning by doing하는 경험지향적인 삶을 살기 시작했어요. 이전까지는 무슨 과목을 가르칠 것인가만 고민했다면 이제부터는 교육에 대해서 나만의 관점을 가지겠다고 생각을 넓혔죠.

'그러면 누구를 가르칠 건데? 교육 대상을 정해 보자' 그런데 그 누구에는 학교 학생만 있는 게 아니라 정말 다양한 여러 대상이 있으니까 그들에 대해 구체적으로 알기 위한 경험들을 1년 동안 했어요. 청소년지도사로 초등학교 중학교 학생들과 캠프를 다녀오기도 했고, 회사원을 가르치는 HR에 관련해서 회사 인사담당자 분들 인터뷰를 하기도 했고, 학교 밖 청소년들이 겪는 문제에 대해 연구하고 발표하기도 했어요. 또 탈북 청소년과 교육 봉사자들을 연결하는 온라인 플랫폼 기획안을 만들어 보기도 했고요.

그다음 해에는 '그럼 뭘 가르칠 거고, 어떻게 가르칠 건데? 교육내용과 교육방법에 대해서 알아 보자', '요즘 소프트웨어 교육이 뜬다는데 코딩 교육도 한번 해 보지 뭐', '문제해결능력이 인재들한테 중요하대. Design Thinking, Logical Thinking도 배워 볼까?' 이런 일련의 과정들을 거치고. 그러다가 또 기술을 접하게 돼서 '교육과 기술은 어떤 융합을 낼 수 있을까?'에 대해 탐구하고. 그렇게 조금씩 저만의 교육관을 만들기 위해 살아갔어요. 학교의 자기설계융합전공이라는 제도를 이용해서 '글로벌테크노경영학과'라는 저만의 과를 만들기도 했고요.

그러던 중에 또 늘 한결같이 제 문제였던 '왜 난 나의 삶에 적극적으로 질문을 던지지 않고 그냥 대학생이 되려 했을까?'에 똑같은 문제의식을 가지고 있던 일곱 명, 저를 포함하면 여덟 명의 Design Thinking Facilitator 분들을 만났어요. 그리고 그분들과 함께 스탠포드대학교의 'Design Your Life'라는 교육과정을 한국에 가져와 한국형 교육과정으로 만드는 일을 했어요. 그렇게 시작된 게 바로 '라이프디자인' 교육과정이죠.

그리고 이게 한국 학생들만의 문제는 아닐 테니까 이걸 들고 캐나다랑 덴마크에 갔죠. 가서 거기에 있는 유럽, 북미, 아시아 학생들한테 다 적용을 해 봤어요. 무료로 수업을 진행하고 수업한 시간만큼 피드백을 받으면서 교육과정을 계속 수정해 나가고요.

권수연 씨와 함께한 7명의 디자인씽킹 퍼실리에이터
왼쪽 첫 번째가 권수연 씨

라이프디자인 교육과정에 대해 더 자세히 알려 주세요.

네, 일단 '공감과 질문 중심의 진로교육과정'이라고 압축해서 소개할 수 있을 것 같은데요. 지금 고등학교에서 제공하고 있는 건 진로교육이 아니라 진학교육 혹은 직업교육이라고 생각해요. 대학 전공에 맞춰서 직업을 선택하는 것도 직업교육이고요. 제가 생각하는 진로교육은 스스로에게 질문을 던지고 자기의 길을 자기가 결정할 수 있는 힘을 기르게 하는 교육이에요. 결정한 길로 나아가는 과정에서 필요한 경험들을 어떻게 설계할지를 스스로 찾고 실행하는 힘도요. 앞으로 우리 세대는 당연하게 생각하던 직업이 사라지고 숱한 이직을 반복하는 '애자일 시대'를 살아가게 될 텐데 그때의 우리에게 필요한 것이 이런 라이프디자인 역량이라고 생각해요. 빠르게 변화하는 시대에 따라 개인도 자신을 빠르게 변화시키고 경영해야 될 테니까요.

그걸 위해서 필요한 첫 번째 단계는 스스로에게 질문을 던지는 거예요. 진로에 대한 고민을 하고 있으면 보통은 일방향적인 지식 전달을 해요. 진로컨설팅을 가도 선배한테 가도 내 고민을 듣기보다는 자기 삶을 이야기하고 "내 조언은~" 이렇게 얘기를 해요. 그게 아니고 물어봐 주는, 지식을 전달해 주는 게 아니고 질문을 던져서 자기 안에 있는 답을 찾을 수 있도록 도와주는 거죠. 공감이라는 것도 제가 그 사람한테 공감하는 것에서 나아가서 그 사람이 스스로 자신의 삶에 공감할 수 있도록 돕는 거예요.

두 번째 단계는 과거의 경험들을 성찰하는 시간을 가져 보는 거예요. 우리는 항상 무언가를 하기 바쁜 삶을 살아가는 것 같아요. 그런데 잠시 멈춰서 과거를 성찰하는 시간을 가져 보면 '내가 언제 몰입하고 에너지를 얻는지', '내 성취 경험에 있던 요소는 무엇이고 그렇지 못한 경험에 있던 요소는 무엇인지' 발견할 수 있을 거고 그걸 통해서 앞으로의 경험을 더 주도적으로 설계할 수 있을 거예요.

마지막 세 번째 단계는 많은 청년들이 'A'라는 한 가지 길만 선택해야 된다고 생각하지만, 삶이라는 것이 하나의 길로만 가라는 법이 없고 다른 길로 가다가 내가 원하는 무언가를 찾게 될 수도 있는 만큼 자신의 수많은 길을 떠올려 보도록 돕는 과정이에요. '지금과 똑같이 살 때', '지금과 똑같이 살지 못할 때', '돈과 사회적인 시선으로부터 자유로울 때' 이렇게 세 가지 길의 관점에서 앞으로 5년 계획을 세워 보는 거예요. 내면에 깊이 자리잡고 있던 목소리를 들어 보는 거죠. 그리고 이 모든 과정을 혼자 하는 게 아니라 다른 사람들과의 대화를 통해 그들의 관점으로부터 배우면서 해 나간다는 게 이 교육에서 얻을 수 있는 소중한 가치예요.

제가 라이프디자인 교육을 하는 사람으로서 가장 중요하게 생각하고 갖추고자 노력하는 건 그 사람의 입장에서 바라보려는 태도인 것 같아요. 앞서 말한 것 중에 특히 '질문을 하는 것'은 질문자가 깨끗한 거울이 돼서 상대 안에 이미 존재하는 답을 상대가 찾도록 돕기 위함이거든요. 그런데 사람들의 질문에는 생각보다 때가 많이 껴 있어요. 예를 들어 공무원과 스타트업 중에 고민하는 친구한테 '너는 어떤 일을 할 때 가장 행복한데?'라는 질문을 던져야 하는데 '공무원이 확실히 안정적으로 좋기는 하지. 근데 스타트업은 왜 해 보려고?' 이런 식의 자기 판단이 가미된 질문을 던져 버리면 그건 아무짝에도 쓸모가 없는 거거든요.

상대를 온전히 담아내기 위해 자신을 지우는 작업이 참교육자로서 꼭 필요한 일이라고 생각이 돼요. 이게 어떻게 보면 대의를 위해 나를 지워나가는 과정인 거라서… 저도 1년 반, 2년 동안 정말 많이도 힘들었죠. 아직도 완벽하지 못한 것 같아요. 교육자로서 평생 해 나가야 할 일이라고 생각해요. 근데 저도 이것 때문에 고민이 많아요. 이렇게 오프라인 교육만 해서는 언제 번창하나… 제가 교육하는 방식이 사업적으로는 꽝이죠. 원래 사교육은 '나 없으면 안 돼' 이런 식으로 공포마케팅을 하잖아요, 근데 저는 코칭하는 내내 '내가 했다'가 아니라 "당신이 이걸 해냈어요! 제가 없어도 이걸 충분히 해낼 수 있어요! 그 첫걸음만 저와 함께하는 거예요!"라고 하거든요. 나가시오. 스스로 하시오. 이렇게 교육과정을 짜요. 최대한 제 역할이 작게 느껴지게.

(웃음) 대의를 위해서 나를 지운다. 성숙한 사람의 모습 같네요.

너무 감사해요. 관련해서 문구 하나 소개해 드려도 될까요?

네, 그럼요.

제가 이스라엘 갔을 때 읽은 책 중에 《작은 꿈을 위한 방은 없다》라는 책이 있는데, '시몬 페레스'라는 지금의 이스라엘을 있게 하신 대통령이 쓰신 책이에요. 그 책에 제가 너무 좋아하는 구절이 있어서요.

이러한 경험을 통해서, 나는 리더십의 심부에 존재하는 선택을 이

해하게 되었다. 큰 꿈을 좇고 그 대가를 치르든가, 다른 사람들에게 미움받지 않고 무난하게 어울리기 위해 자신의 야망을 줄이거나 포기하든가, 둘 중 하나다. 내게는 오직 하나의 선택뿐이었다. 나는 다른 사람으로 사는 법을 몰랐기에 내 자신으로 남기로 선택했으며, 이렇게 함으로써 나 자신보다 위대한 대의를 섬기게 되었다. 나는 그 대의를 완수하는 것이야말로 다른 모든 것, 즉 남들의 인정, 대중적 인기, 높은 직위나 명예보다도 더 중요하다고 결심했다.

제가 코칭을 하면서 청년들을 정말 많이 만나 봤잖아요, 그중에서도 한국 청년들이 처음에 제일 많이 하는 말. "전 지금까지 한 게 없어요" 생각해 보면 한 게 없는 사람은 없어요. 한 게 있는데 내가 정한 누군가에 비해서 한 게 없어 보이거나, 내가 하는 것을 하기에 바빠서 충분히 성찰하고 돌아보지 않았거나. 흔히들 '뭠틀형 인간'이라고 표현을 하죠. 일단 대학교 가라 해서 대학교 가고, 그다음에 학점 챙기고, 자격증 공부하고, 인턴하고, 대외활동 하고… 막 자꾸 무언가를 하죠. 남들도 다 하니까. 나도 뭐라도 해야 할 것 같으니까.

근데 그런 건 이제 의미가 없다고 생각하거든요. 그래서 저는 대학교 특강을 할 때도 'What'에 대한 이야기보단 'Why'에 대한 이야기를 해요. "너는 왜 대외활동을 할건데? 그것이 있지 않은 채로 무언가를 하지 마. 그건 끝까지 해내지도 못 할 거고, 그랬을 때 배우는 게 없어" 그러니까 결승점에 왔는데 아무것도 안 들고 온 느낌인 거죠. 결승점이란 것도 없지만요. 그만큼 중간중간 내가 챙기고 배우며 살아가는 것이 중요하다고 생각을 해요. 그래서 한국에 와서 가장 많이 한 교육과정이 'Way Finding Map'이라고 해서 나의 1년을 일, 놀이, 건강, 사랑이라는 네 가지 측면에서 균형 있게 돌아보고, 그걸 통해 내가 언제 몰입하고 언제 에너지를 얻는지 알아가는 과정이 있어요. 한국 청년들에게 특히 중요한 과정인 것 같아요. 항상 뭘 하기에 바쁘니까.

그래서 저는 멈추는 사람이 가장 용기 있다고 생각해요. 넓게 파기 위해 깊게 파라는 말이 있잖아요. 사람들이 나에게 던지는 질문이 뭔지를 적어 보면서 그걸 객관화시킬 필요가 있어요. 제 주변 사람들도 저한테 교육학과면 무슨 교육학과냐고 많이들 물으세요. 졸업하면 선생님 될 거냐고 물으시고. 그런데 그 모든 질문들은 결국 What의 상태에 나를 머물게 해요. '나 뭐하면서 먹고 살지?' 그러니까 우리들이 흔히 말하는 '먹고사니즘'에 빠지게 해요. 근데 그 질문을 한번 객관적으로 바라보고 반문을 던져 보는 거예요. 예를 들어서 교육학과면 무슨 교육학과냐고 물었을 때 저도 원래는 대답하기 바빴어요. "그냥 교육학과고요, 모든 교육을 포괄적으로 배우고요" 근데 이제는 "교육학과는 꼭 무슨 과목을 가르쳐야 하나요? 저는 교육은 모든 곳에 있는 것 같아서 제가 가장 마음이 가는 청년들을 위한 진로교육을 하고 있기는 한데" 이렇게 얘기를 해요.

이 과정을 위해서는 스스로한테 Why라는 질문을 먼저 던져 줘야 그들의 What이라는 질문에 대해 오히려 더 고차원적인 답을 줄 수 있다고 생각을 해요. 제가 '내가 교육에 있어서 가장 해결하고 싶은 문제는 뭔데?'를 알기 위해 라이프디자인을 하는 것처럼, 나의 Why가 선행될 때 모든 활동들이 그것을 위해 연결되는 느낌이 들거든요. 그래서 그 궁극의 Why를 잡아야 한다고 생각을 하고 만약 그걸 위해 멈춤의 시간이 필요하다면 다른 사람들로부터 좀 차단되어서 나의 생각을 해 봐야 된다, 충분히 용기를 갖고 그런 시간을 가져야 한다고 생각해요.

(웃음) 정말 많은 사람들에게 도움이 될 것 같네요.

하하 저도 그냥 한 사람일 뿐이고 정답을 말하는 건 아닌데… 너무 확신에 차서 말하지 않았나 하는 생각이 조금 드네요.

각자의 방식대로 받아들일 거예요.

네, 저는 그렇게 생각해요. 급 소심. 하하.

여러 나라에 다녀왔다고 하셨는데 어디어디 다녀오신 거예요?

일단 교환학생으로는 캐나다, 덴마크 다녀왔고 정부랑 회사, 학교 지원 받아서는 일곱 번 정도 해외 탐방 다녀왔어요. 그 나라들은 일본, 싱가포르, 미국 서부와 동부, 캐나다, 핀란드, 이스라엘입니다.

해외탐방은 주제가 다 달랐나요?

해외탐방 자체가 그쪽에서 비용을 전부 지원해 주시는 형태이다 보니까 주제가 정해져 있는 것도 있었고 저희가 직접 짜는 것도 있었어요. 학교에서 가는 경우는 주로 기술과 관련된 주제로 정해져 있어서 저희가 빅데이터, 인공지능 쪽 회사에 컨택을 해서 회사 탐방을 하고 왔어요. 그렇게 갔다 온 게 일본, 캐나다, 미국 서부예요. 싱가포르나 이스라엘 같은 경우는 창업교육 관련해서 다녀왔고요. 근데 이제 핀란드 같은 경우는 제가 직접 제안해서 선발이 됐거든요. 그건 제가 기본소득제에 관심이 많아져서… 원하는 삶을 찾게 하는 방식은 알겠는데 어떻게 원하는 삶을 살아가게 할 것인가는 또 다른 문제여서 그게 기본소득제랑 연결이 많이 될 거라고 생각했거든요. 핀란드가 2년 동안 기본소득제 실험을 했었기 때문에 그 실효성에 대한 테스티머니를 듣고 싶어서 다녀오게 됐어요.

그런데 이 많은 것들을 하면서 동시에 학교를 다닐 수가 있었나요?

음 잠을 줄이면 돼요. 하하 진짜로요. 이거 많이 물으시더라고요. 저 1, 2학년 때는 수업을 다 1교시에 넣고 그랬어요.

하루를 빨리 시작하려고?

네, 제가 월화수목금 다 다른 활동을 했었거든요. 그게 가능하려면 저녁시간대가 다 비어 있어야 되니까 오전에 모든 학교 일들을 마치고 오후에 자유롭게 대외활동을 하는 거죠. 새벽 다섯 시에 신문배달부 아저씨가 신문 놔 주실 때 잤다가 일곱 시에 일어나서 학교 가는 날이 태반이었어요. 그러면서도 또 한동안은 리더십을 이해하는 과정을 겪고 싶어서 모든 활동의 리더를 했었거든요. 그래서 지하철 타는 동안 이 활동 저 활동 공지 올리고 그 길로 학교 가서 수업 듣고. 그렇게 살았죠. 후회는 없지만 다시 살라면 못 살 것 같아요. 하하 어떻게 저렇게 살았지?

전공을 개설했다고 하셨죠?

아 자기설계융합전공이요?

네, 무슨 전공인지 소개해 주세요.

대학생 친구들이 복수 전공 고민 많이 하잖아요. 특히 2, 3학년 때 그 고민을 많이 하는 것 같아요. 저도 그랬어요. 아까 말씀드렸던 것처럼 교육, 경영, IT기술 다 좋아하기 때문에 고민이 많았어요. IT기술은 외부에서도 배울 기회가 많으니까 경영을 배워야 하나? 근데 또 살아 있는 학문 자체로서의 경영을 학교에서 배우느니 차라리 스타트업에서 일하면서 배우지 싶었거든요. 왜냐면 창업교육을 외부에서 많이 받아보고 그래서 너무 뻔할 것이라는 걸 알아서요… 그래서 전공설명회라고 하죠, 다 가 봤어요. 데이터사이언스학과도 가 보고 컴퓨터공학과도 가 보고. 신청했다가 철회도 하고.

저는 소프트웨어 쪽에 원래도 관심이 있었지만 트렌드를 공부할수록 앞으로 더 뜰 분야라는 게 당연히 눈에 보이니까 '어 나도 저거 하고 싶은데' 했죠. 그런데 저는 논리적 사고보다는 직관적인 사고가 더 편한 사람이고, 저는 그걸 할 수 있는 사람은 아니었던 거예요. 또 시스템경영공학과도 한번 고민을 해 봤거든요. 근데 그건 또 너무 산업공학 쪽이고. 계속 이렇게 알아보다 보니까 '안 되겠다. 없네. 만들어야겠다.' 하하하 이러면서 학교의 자기설계융합전공 시스템을 이용해서 '글로벌테크노경영학과'를 만들게 됐어요. 글로벌을 붙인 이유는 외국에 나가서 수업을 듣기 위한 거였고, 그래서 캐나다랑 덴마크에서 한 학기씩 수업을 듣고 왔죠.

그럼 본인이 직접 커리큘럼을 짜는 거예요?

네, 자기가 목표와 과정 이런 것들을 만들어요.

학교도 정말 좋은 시스템을 만들어 놨네요.

네, 너무 좋은데! 많이들 안 해요. 많이들 하면 좋겠는데. 저한테는 굉장히 전략적인 선택이었어요. 저는 무조건 교환학생을 1년 가고 싶었는데 교육학과는 사범대학이 아예 없는 나라들도 있고 전공 인정도 쉽지 않아서 가기가 힘들거든요. 근데 그런 제도가 있어서 너무 좋은 교육을 받고 왔어요. 두 나라에서 다.

캐나다랑 덴마크로 교환학생을 가려고 한 것도 다른 이유가 아니고, 우리나라가 외국의 좋은 교육들 참 많이 들여오는데 보면 항상 What만 가져오잖아요 What만. 북미, 북유럽, 이렇게 다른 대륙에서 그 나라의 문화, 사회, 경제 등의 변수가 모여서 그 결과로서 교육이 나온 건데 그런 변수들이 어떻게 영향을 주는지에 대해서는 제대로 파악하지 않고 그냥 결과물만 한국에 들고 온 것 같아서 저는 직접 가서 그 로직을 이해하고 싶었어요. 어떤 Why에서 이 How가 나와서 What이 되었는지에 대한. 그 로직을 이해하면 한국에 더 맞게 교육을 해 나갈 수 있을 것 같다는 생각이 들어서요. 두 나라 다 스타트업이랑 IT기술 쪽으로 발달된 나라들이라 선택한 것도 있고요. 그래서 가서 교육 외 활동도 많이 하기는 했어요.

어떤 활동이요?

우선 라이프디자인 워크숍을 네 번 열었고 해커톤에 기획자 포지션으로 세 번 나갔어요. 나가서 라이프디자인 온라인 버전을 만들어서 상을 타기도 했고요. 또 제가 매우 좋아하는 싱귤러리티 대학교(SU university), 나사랑 구글에서 공동으로 투자해서 만든 학교인데 거기를 너무 가고 싶었는데 그게 실리콘벨리에 있어서 갈 수 있는 여력이 안 됐었어요. 근데 신기하게 제가 덴마크에 있을 때 그 학교의 코펜하겐 분교에서 북유럽 컨퍼런스가 열린 거예요. 저는 그 소식을 링크드인(linkedin)으로 먼저 접해서 자원봉사자로 신청하고 노동과 맞바꾸며 그 비싼 강의를 들을 수 있었죠. 그런 것들이 되게 많았어요. Pioneer라고 오스트리아에서 엄청 크게 열리는 스타트업 컨퍼런스가 있는데 거기에도 또 링크드인 통해 알고 지내시는 분이 저를 인턴처럼 해서 데려가 주겠다고 하셔서 같이 갔다 오고 그랬어요. 그래서 지금도 제 친구들이 외국 나간다고 하면 링크드인 만드는 거 적극 추천해 주고 있어요.

링크드인?

네, 링크드인. 간단히 말하면 외국에서 쓰는 비즈니스용 SNS거든요. 특히 제가 갔던 캐나다랑 덴마크는 그걸 주로 썼어요. 그래서 저도 항상 행사나 세미나 끝나면 거기서 알게 된 사람들하고 링크드인 하고 그랬죠. 한번은 덴마크에 있을 때 디자인씽킹으로 컨설팅하는 회사가 있었는데 그 회사가 너무 매력적인 거예요. 그래서 링크드인 통해서 따로 연락드리고 회사 방문을 했더니 대표가 거의 한 시간 반 정도 시간을 내서 제 라이프디자인에 대해 조언해 주시고 그랬어요.

소중한 경험 많이 만들고 왔네요. (웃음)

네, 그런 게 참 많았어요. 재미있게 지냈죠. 저답게 지내고 온 것 같아요. (웃음)

Without

영어 실력은 언제 어떻게 쌓으셨어요?

영어… 진짜 할 이야기가 많을 것 같아요. 일단 저는 토종 한국인이고 중고등학교 때는 수능 공부만 열심히 했어요. 그래서… 아시죠? 정규교육과정 열심히 잘 따르면 외국인이 길에서 말 걸면 도망가게 되어 있어요. 하하하 아주 착실히 따르면 도망이라는 아웃풋이 나오는데, 저도 그랬어요. 공교육에서는 정보를 습득하는 읽기, 듣기는 배우지만 내 의사를 표현하는 쓰기, 말하기는 못 배우니까요.

영어를 하게 된 Why가 시작된 날은 2016년 봄이었는데, 그 국제어 수업 있잖아요, 영어로 진행되는 수업. 그 수업에서 되게 궁금해서 묻고 싶은 게 있었는데 제가 영작을 못해서 우물쭈물하다가 수업이 끝난 거예요. 끝나고 나서 현타가 크게 오더라고요. 하교하는 내내 '내가… 대학에 와서 질문을… 수능을 만점 받고 1등급 받고 뭐한 거지?' 그때 인정했어요. 시험 영어랑 진짜 영어는 다르다.

'그러면 진짜 영어는 어떻게 할 수 있지?' 생각했고, 외국을 나가면 가장 좋은데 그 당시에는 교환학생을 갈 수 있는 학년이 아니었어요. 그럴 때 제가 갖고 있는 마인드셋 중에 하나가 내가 바꿀 수 있는 것과 없는 것을 구분해서 바꿀 수 없는 것은 내버려 두고 바꿀 수 있는 것에서만 생각하자는 거거든요. '그러면 외국은 나갈 수 없으니 내 주변을 외국처럼 만들어 보자' 이렇게 생각을 바꿨죠.

그래서 학교 교환학생들의 친구를 할 수 있는 버디프로그램을 3학기 연속으로 참여를 했고, '아이섹'이라는 국제동아리에 참여하면서 여름방학 겨울방학에 6주씩 프로젝트를 했어요. 6주씩 외국인이랑 계속 소통하니까 거의 외국에 가 있는 느낌인 거죠. 또 블로그로 서포터즈 지원을 해서 한번에 10만 원씩 하는 영어회화 수업 10번을 무료로 듣고, 저는 홍보글 쓰고. 그렇게 기본기를 다졌어요. 그게 1단계. 영어로 일단 말을 할 수 있게 되는 단계까지 온 거죠. 그 단계까지가 힘들어요. 외국인이랑 둘이 말을 할 수밖에 없는 환경에 자꾸 나를 놓아야 해요.

그다음에는 이제 진짜 꾸준히 학습을 하는 단계인 거죠. 앞에서는 말을 트는 거였다면 이제는 실력을 쌓는 단계. 저 같은 경우는 등교 시간이 한 시간 반 정도 되니까 30분은 카톡으로 영어 하고 환승하거나 걸어갈 때 20분은 전화로. 그때는 시끄러워서 카톡 같은 거에 집중하기가 어려우니까요. 그리고 저녁에는 영어 회화반 스터디리더를 맡아서 두 시간 동안 숙어나 표현들을 가르쳤어요. 그럼 또 책임감이 생겨서 준비를 열심히 하는 거죠. 예시도 들면서 설명하고 해야 되니까. 여기까지가 2단계.

그렇게 영어실력을 좀 다지고 그다음은 이제 나가서 배우는 건데, 저는 팩트로 말하고 싶은 건 1, 2단계는 한국에서도 충분히 할 수 있으니까 이걸 외국 나가서 하지는 않았으면 좋겠어요. 한국에서 하고 나왔으면 좋겠어요. 그리고 미리부터 꾸준히 해 놓는 거, 중요해요. 기회가 주어졌을 때 영어 때문에 발목 잡히지는 않아야 되니까요. 예를 들어서 이과분들 대학원 많이들 가시잖아요. 그럼 국제학회 갈 일 있는 거 뻔히 아시잖아요. 그때 가서 '아 망했다, 나 영어 왜 안 해 놨지?'가 아니라 정말 멋지게 영어로 이야기하고 내 학문과 시너지를 낼 수 있어야죠. 그러려면 미리 준비를 해야 되거든요. 제 경우에도 제가 덴마크 가서 외국인들한테 워크숍을 한 게 물론 저한테도 쉽지 않은 일이었지만 만약 영어가 아예 안 되어 있었으면 기회도 주어지지 않았을 거거든요.

그래서 결국 3단계는 나의 것이랑 시너지를 내면서 뭔가를 확장해 나가는 단계라고 생각해요. 하… 그 덴마크 워크숍 하나하나도 진짜 쉽지 않았어요. 제가 아무리 한국에서 2, 3년 영어를 했다고 해도 외국인들 상대로 워크숍을 한다는 건 어떻게 보면 가장 높은 수준의 영어잖아요. 난이도는 저기 높이 있고 나는 아직 여기 있고. 그걸 되게 하려고 혼자 노력을 엄청 했죠. 원래 가지고 있던 교육과정을 번역하는 것만으로는 안 되는 거니까 이 사람들에게 진정 필요한 게 뭔지 알아내려고 유럽 사람들 인터뷰 하는 데 몇 주 쓰고. 또 그거에 맞게 과정을 바꾸느라고 언어 표현 다 바꾸고 도입부도 다 다시 만들고. 그렇게 완성된 결과물 검수 받은 후에는 진짜 피피티 없이 처음부터 끝까지 다 머릿속에 상상하면서 연습을 했어요. 그냥 길거리에서 연습했어요. 일부러. 나중에 어떤 상황이 발생할지 모르니까. 두 번 다시는 못하겠지만 그 정도 하니까 앞에 설 수 있었던 것 같아요. 그걸 준비하는 과정 매번이 실패였거든요.

한국어로도 워크숍하기가 힘든데…

외국에서 하고 오니까 한국 워크숍이, 그러니까 '지금 생각나는 걸 지금 바로 말할 수 있단 말이야?' 이러면서 너무 좋은 거예요. 외국에선 그게 안 돼요. 머릿속에 모든 게 준비되어 있어야 된단 말이에요. 즉석으로 직역이나 번역이 안 되니까… 한번은 사람들 집중시키기가 너무 힘들었고, 그게 실패하니까 '아 내가 퍼실리테이션을 한국에서 한국어로 배웠지만 영어로는 안 배웠다. 영어로 배워 보자' 해서 네덜란드에 가서 3박 4일짜리 강사교육과정 받고 오고 또 도전하고 했어요. 그래서 되게 감사했던 건 첫 번째 워크숍은 아이섹이라는 덴마크 동아리에 들어가서 거기서 했고, 두 번째는 스타트업 커뮤니티에서 했고, 세 번째는 SAP라는 회사 행사에서 좀 크게 했는데 두 번째 했던 곳에서 앵콜 요청을 해 주신 거예요. 그래서 네 번째를 거기서 한 번 더 했는데, 그때 진짜 "나 더 이상 할 수 있는 게 없어" 이러면서 정말 완벽하게 모두가 행복하게 끝이 났어요. 너무 감사했어요. 심지어 그게 출국 전날이었어요. 한국 돌아오기 전날.

그렇게 입국을 했군요. (웃음)

네, 그렇게 입국하고서 잠깐이지만 한국 들어와 있는 동안에 덴마크 인사이트 공유회를 열어서 '덴마크는 도대체 왜 행복의 나라일까?'라는 주제로 이야기를 하고 거기서 라이프디자인하는 사람을 만났던, 신기했던 교육의 경험들을 나눴어요. 저는 뭔가를 배우면 사람들과 나누고 싶어하는 성격이거든요. 그다음에는 바로 한 달간 이스라엘로 출국을 했고 이스라엘 갔다 와서도 또 이스라엘에서의 배움을 라이프디자인에 적용해서 '큰 꿈을 꾸고 작게 실행하는 법', '실패로부터 배우는 법' 이거랑 관련된 워크숍 진행을 했죠.

정말 쉴 새 없이 나누셨네요.

나의 대학생활을 디자인하다
Arise, Shine

인터뷰 시작 전에 저희만 나눈 대화라, 유도블록 프로젝트 관련한 내용 다시 이야기해 주실 수 있나요?

아, 네. 그건 '임팩트베이스캠프'라고 헤이그라운드 소속의 교육이었어요. 저희는 5명이 팀이었고 디자인씽킹 기반으로 진행한 프로젝트였는데요, 처음에 장애인 분들의 이동에 관련한 문제를 집중해서 보던 중에 유도블록을 보게 됐어요. 그리고 유도블록이 다른 문제도 많지만 가장 본질적인 싸인으로서의 역할을 하지 못하게 되는 상황이 '화장실 앞에서'라고 저희는 발견을 했던 것 같아요. 여자, 남자 화장실 앞에 똑같은 싸인이 있더라고요. 화장실 위치가 유니버셜하게 디자인이 안 되어 있어요. 왼쪽은 항상 남자, 오른쪽은 항상 여자 이런 게 아닌 거예요. 두 성별의 화장실이 멀리 떨어져 있는 경우도 그냥 유도블록 싸인만 따라갔다가는 다른 화장실 앞에 가게 될 수도 있는 상황이고, 심지어 그 점자촉지판 위치 자체가 아래에 있기도 하고 위에 있기도 한데 성별이 다른 화장실 앞에서 그걸 만지면서 확인하고 있기가 민망한 상황이잖아요.

그런 여러가지 고민을 하다가 실제로 시각장애인 한 분을 만나서 어떻게 들어가시냐고 여쭤봤더니 청각, 후각과 같은 다른 감각에 의존한다고 하시더라고요. '왜 그들의 언어인 유도블록으로 표현되고 있지 않는가?' 하는 문제의식을 느꼈어요. 그래서 어떻게 해결할 수 있을까 얘기를 하다가 '성별에 맞게 유도블록 디자인이 하나 정도 더 있으면 어떨까?'라는 아이디어가 나왔고 그걸 디자인을 했어요. 하나는 위로 튀어나오고 하나는 바깥쪽으로 튀어나오게 정말 간단한 디자인으로요. 그리고 비장애인들도 함께 쓰는 화장실이니까 비장애인들에게 이게 어떤지 실험을 해 보기도 하고 의견도 받고 하는 과정을 거쳤죠. 그래서 팀 이름이 '함께걷길'이었어요.

그런데 그게 2018년 겨울에 시작한 거라서 저는 중간에 외국을 가게 됐고 팀원들은 계속 진행을 했는데 결국 프로젝트는 접었다고 해요. 이게 저희 입장에서는 변화를 만들어 주고 싶어도 그분들 입장에서는 변화 자체가 더 큰 두려움이 될 수 있다는 것을 이해하게 되면서 폐기가 되었던 것 같아요. 그래도 그 과정에서 많이 공감할 수 있었고, 절대 잊지 못할 뜻깊은 경험으로 남았어요.

'함께걷길?' 딱 맞네요.

인생에서 감사하게 생각하며 살아가는 것은 무엇인가요?

가장 먼저는 제가 하나님을 믿는 것인 것 같아요. 하나님을 믿는 가정에서 태어나서 하나님을 믿을 수 있었고 그게 제 삶에 정말 많은 영향을 주었거든요. 제가 학교폭력으로 힘들 때나 반수로 힘들 때 '내 삶을 가장 사랑하시는 분이 왜 내 삶에 이런 일을…' 이러면서 '뭔가 이유가 있겠지'라고 생각하게 되거나 오히려 그 순간을 이겨 내는 힘이 되어서 좀 회복탄력성이 높아질 수 있었던 것 같아요. 또 부모님을 부모님으로 만나게 된 것… 너무 감사하고, 그리고 주변에 있는 사람들이 가장 저를 저답게, 더 나은 제가 될 수 있도록 도와주고 있는 것 같아요. 예를 들어서 저도 제 책을 쓰고 싶거든요. 근데 그게 사실 되게 큰일이라고 느껴져서 '아 나도 하고 싶다…' 이러고 있는데 옆에서 친구들이 "야 넌 이미 책 썼지!", "야 넌 그냥 쓰기만 하면 돼!" 이렇게 말해 주니까 저는 '어? 그런가?' (웃음) 그런 순간들이 많은 것 같아요. 그래서 대학에서 얻은 인연들이 참 감사해요.

인생의 위기 혹은 후회하는 순간이 있었나요?

규정하기가 쉽지 않아요. 위기… 딱히 없었던 것 같네요. 왜냐하면 그런 위기가 왔을 때 저는 또 제가 바꿀 수 있는 게 뭔지를 생각해 내서 그걸 바꾸려고 하지 않았을까요?

10년 전 자신에게 해 주고 싶은 말이 있나요?

10년 전이면 중학교 2학년 가장 힘들었을 때인데… 10년만 지나면 좋은 사람도 많을 거고~ 하하하 이런 건 다 필요 없고, 공감을 못하고 있어요 지금. 네 잘못이 아니야? 네 잘못이 아니야… 왜냐면 그때 너무 많이 자책했거든요. 진짜 학교를 갔는데 복도에서 아무도 제 인사를 안 받아 주는 거예요. 정말… 아무도. 그때 거절감이 되게 컸거든요. 그러다 보니까 당연히 내가 잘못했겠지 싶어서 친구들 한 명 한 명한테 다 편지 쓰고… 거의 두더지가 돼서 사과했던 것 같아요. 그때는 친구라는 존재가 특히 더 크니까 그러기도 했고… 그래서 그냥 "네 잘못이 아니야"라고 말해 주고 싶어요. 또 "너의 가치는 다른 사람들이 너에게 부여하기도 하지만 너가 온전히 너를 사랑해서 채워 나가는 게 더 중요해. 그게 더 뿌리깊은 가치야" 이렇게도… 얘기해 주고 싶어요. 따뜻해지는 타입~ (웃음)

가지고 살아가는 철학이나 신조가 있나요?

아까 말씀드렸던 'Arise, Shine'이 제가 이런 삶을 살게 한 비전이라면 그것을 위한 노력 중 하나가 스스로에게 거짓말하지 않으려는 거예요. 보통 이걸 할까 말까 고민이 될 때 마음이 불편하면 자기는 알거든요. 이게 내가 진짜로 원하는 게 아니라는 걸. 예를 들어서 저는 덴마크 처음 갔을 때 인턴을 할까 했어요. 대학생 인턴이 되게 잘되어 있어서 지원만 하면 일할 수 있는 회사는 충분히 있어 보였거든요. 근데 뭔가 불편한 거예요. 그래서 강가 같은 데에 가서 '나는 왜 그렇게 인턴이 하고 싶었을까?'를 생각해 봤어요. 그때 이제 저의 증명 욕구들, 사람들에게 내가 이런 일을 할 수 있는 사람이라는 것을 보여 주고 싶은 그런 증명 욕구들을 마주하게 됐죠. '해외인턴, 너무 좋은 커리어가 될 것 같다' 이게 Why였던 거예요. 하지만 그건 제가 정말로 바라는 Why가 아니어서, 우선 그 마음을 그 자체로 인정하고 '그래… 그럴 수 있지' 어르고 달래면서 다시 제 진짜 Why를 찾으려고 노력했던 기억이 나요.

많이 그랬어요. 사실 배움을 위해서 시작한 활동인데 나중에는 이 활동을 '해낸 사람'이고 싶어서 하게 되고… 상장들 사진 찍고 '잘했다' 이러면서 뿌듯해하고. 그러다가 이제 주객이 전도되었다는 걸 스스로 인정하게 될 때면 '그렇구나… 왜 그랬을까?' 이러면서 마음을 내려놓으려고 노력하고… 또 다시 나아가고. 반복되는 과정인 거죠. 나에게 거짓말하지 않기 위해, 나를 이해하기 위해 나에게 깊이 있게 물어보는 것. 제 삶의 중요한 철학인 것 같아요.

요즘은 어떻게 살아가는 중인가요?

요즘은 대학교 특강도 그렇고 이런 인터뷰 기회도 꽤 있었어요. 이렇게 나눌 게 있으면 나누다가, 다시 내 것을 깊게 파다가… 그렇게 살고 있고, 그래서 행복하죠. 어제 블로그에 이웃추가가 와서 보니까 성대에서 특강을 들으셨던 분이라고 하시더라고요. 와 너무 감사하다 하고 그분 블로그를 들어가 봤더니 '공지' 이렇게 글이 써 있는데, 그게 딱 제가 특강한 날에 올라온 글인 거예요. 보니까 "수업을 빼고 이 특강을 들었는데 너무 좋았고 이 특강에서 나의 Why에 대해 물어서 나의 Why를 이렇게 정리해 보았다" 하고 이~만큼 글을 쓰신 거예요. 노트에 수기로 적으신 내용을 컴퓨터로 다시 옮겨 적으셨더라고요. 진짜 제가 그분한테 "Why에 대해 고민해라"라고 질문을 던진 게 그분 인생에는 되게 큰 변곡점이 될 수 있는 거잖아요, 어우 너무 뿌듯해 가지고.

와 너무 고마울 것 같아요. 저렇게까지 변화해 주다니.

맞아요, 맞아요. 제가 막 인스타에 홍보했어요. 이렇게 멋진 우리 학교 후배님 보시라고. 하하하.

요즘 하는 생각과 고민은 무엇인가요?

'나무를 심으면서 숲을 그린다는 것은 참 쉽지 않은 일이다' 싶어요. 그래서 나무를 심다가도 잠깐 멈춰 서서 하늘을 보고 '내가 어떤 숲을 만들고 있었지?' 생각하는 시간이 필요하겠다 싶어 이번 방학 때 그런 시간을 가져 보려고 하고 있어요. 수업들을 반복적으로 하다 보면 내가 결국 이걸 통해 교육의 패러다임을 바꾸려고 했던 그 목적과 Why에 대해 잊게 되기도 해서… 그래서 그런 고민 많이 하는 것 같고, 또 약간 뜬금없지만 요즘 밥을 잘 챙겨먹고 있어요. 원래 '밥은 생존을 위한 수단이다' 이렇게만 생각하고 살았었는데 요즘은 마음을 고쳐먹고 건강하게 살기 위해 밥을 잘 챙겨먹고 있어요. (웃음)

어떤 사람이 되고 싶나요?

'소원'이라는 제가 좋아하는 찬송가가 있는데 거기에 "저 높이 솟은 산이 되기보다 여기 오름직한 동산이 되길 내 가는 길만 비추기보다는 누군가의 길을 비춰준다면" 이런 가사가 있어요. 여기에 제가 추구

하는 삶의 모습이 많이 담겨 있다고 생각해요. 왜냐면 저는… 제가 보기에는 사람들이 다같이 산을 오르려고 노력하는 것 같아요. SKY라는 산, 삼성이라는 산 오르려고 노력하고 그 산을 오르면 행복할 거라고 생각하는 것 같은데, 그런 삶이 자기에게 맞는 사람도 있겠지만 그게 아니면 그냥 각자 자기가 뭘 좋아하는지 알아내서 자기 동산 만들어서 거기서 유유자적 행복하게 지냈으면 좋겠거든요. 자기소개를 할 때 뭐 "성균관대학교 다니는 누구입니다, 삼성 다니는 누구입니다" 이렇게 '무엇을 하고 있고 어디에 소속된 나'로 많이들 표현을 하잖아요. 근데 그게 아니고 '내가 찾은 나', '내가 나로서 표현하고 싶은 나'가 될 수 있다는 것을 많이들 알았으면 좋겠고… 그 가장 기저에서 자신이 존재 자체로 사랑 받을 수 있다는 것을 알게 하기 위해 노력하고 싶어요 저는. 높아지기보다는 깊어지는 삶을 살고 싶습니다.

10년 후의 나에게 하고 싶은 말이 있나요?

고생했다고 말해 주고 싶고… 저는 사람들한테 대단하다는 말을 들을 때 뭔가 좋다기보다는 오히려 어깨가 무거워지고 더 잘해야겠다는 생각이 들더라고요. "대단하다"보다 사실 한번 더 제 입장에서 생각하고 "고생했다"라고 말해 주는 게 저는 더 고마워요. '저 사람 저걸 위해서 얼마나 노력했을까?' 이런 생각에서. 그래서 저도 저한테 "고생했다, 고생했다" 이야기해 주고 싶어요. 그때도 분명 나를 위한 삶보다 나를 통해 다른 사람을 비추는 삶을 살고 있을 테니까…

"그 노력과 마음, 사람들이 다 알 거야. 그리고 보이든 보이지 않든 너의 행동이 작은 영향이 되어 그들의 삶 가운데 조각조각들로 남아 있을 거고, 그들의 꽃은 그들에게 맞는 타이밍에 꼭 필 거야. 그렇게 생각하며 살아가기 바라고… 건강하지? 건강하고, 밥도 잘 챙겨 먹고. 그때쯤은 운동 관리도 잘 하면서 지내고 있을 거야 그렇지? 결혼은… 했니? 하하하 자꾸 질문을 하게 되네. 많이 힘들지? 얼마전에 《82년생 김지영》을 보면서 96년생 권수연의 삶은 어떻게 달라질 수 있을까 참 막막하다는 생각도 했는데, 96년생 권수연은 권수연만이 만들어 가는 길로 또 현명하게 답을 찾고 있을 거라고 생각해. 마지막으로, 네가 가장 너다울 수 있도록 해 주는 주변 사람들에게 감사한 마음 잊지 않고 살았으면 좋겠다. 부모님한테도 효도하고."

네, 이런 말들… 하고 싶어요.

사회에 느끼는 불만 혹은 개선되어야 된다고 생각하는 점은 무엇이 있나요?

여러 가지가 있겠지만 그중에 하나가 지금 청년들이 자신의 능력만큼 인정받지 못하는 사회라는 것… 진짜 외국 나가서 느낀 거지만 이렇게 똑똑한 민족이 없어요. 똑똑한 건 둘째치고, 안 시켜도 열심히 하고 시키면 150%를 하려고 하고. 그런 DNA가 박혀 있나 봐요, 공부 열심히 해 가지고. (웃음) 안 그래요, 안 그래. 외국애들 그렇게 열심히 안 해요 나가 보면. 근데 그런 능력들에 비해서 인정조차 받지 못하는 일자리의 구조, 그게 진짜 마음이 아프고, 그니까 하… 한국에서 나고 자라면 잠재력이 제한되기가 쉬워요. 이거 진짜 크거든요. "몇 살이세요?", "학생이세요?" 라이프디자인 한다 그러면 가장 많이 받는 단골 질문 두 개예요. "아 24살이구나", "학생이구나" 이제 그들은 그들이 생각하는 24살 학생이 할 수 있는 일의 틀에 저를 가두죠.

제가 독일에서 해커톤 할 때 만난 핀란드 친구가 있어요. 제가 이런 것들로 고민을 하니까 그 친구가 "근데 졸업장을 받기 전과 받은 후의 수연은 뭐가 그렇게 다른 건데?"라고 묻는데, '맞아! 그냥 하루 차이야!' (웃음) 이거는… 진짜 잘못됐죠. 근데, 깨고 나와야 돼요 본인이. 그들은 안 바뀌어. 저는 그렇게 생각해요. 한 사람이 가진 역량과 능력을 하루 차이로 다르게 평가하고 있는 사회에서 그들의 말에 동의하며 그것에 맞춰 살아갈 거냐 아니냐는 결국 본인이 결정하기에 달렸다고 생각해요.

이스라엘에서 들은 수업 마지막 날에 교수님이 해 주신 낙타 이야기가 있어요. 아기낙타가 엄마낙타한테 "엄마 우리는 발굽이 왜 이렇게 못 생겼어?" 이렇게 물었대요. 그랬더니 엄마낙타가 "우리가 돌도 많고 뜨거운 먼 길을 가려면 발굽이 튼튼해야 돼서 그래"라고 했대요. 아기낙타가 다시 "아 그럼 우리 속눈썹은 왜 이렇게 길고 투박해?"라고 물었더니 엄마낙타가 "그것도 모래 바람 많은 먼 길을 가려면 눈을 지켜야 해서 그런 거야"라고 했대요. 아기낙타가 마지막으로 물은 건 "엄마 그러면 우리는 왜 동물원에 갇혀 있어?"였다고 하더라고요. 그러면서 교수님이 "너네는 어떤 동물원에 갇혀 있니? 스스로를 어디에 가두었니?" 하시는데 (웃음) 소오름.

그러니까 우리는 내가 받은 점수, 내가 받은 등수, '다른 사람과 비교했을 때의 나'로만 나를 알아보는 게 너무 익숙한 환경에서 자라서… 그것도 중요하죠. 객관적인 지표로 판단하는 것도. 근데 그게 다가 아니라는 것을 스스로가 알았으면 좋겠고, 그들이 정한 규정에 나를 꼭 가둘 필요가 없다는 것도 알았으면 좋겠어요. 그래서 저는 많이들 외국으로 나갔으면 좋겠어요. 하하하 그냥 외국 나가서 일했으면 좋겠어요. 이게 너무 극단적이라고 느낄 수도 있지만, 그렇잖아요, 능력은 있는데 한국에서 인정 못 받으면 외국 나가서 인정받으면서 일하면 좋잖아요. 많이 좀 나갔으면 좋겠어요 많이 좀. 굳이 여기서 우리끼리 치고 박고 싸우지 말고 더 큰 물에 나가서… 왜냐면 바꿀 수 없는 거니까요. 창업을 하고 이런 건 또 다른 종류의 이야기인 거고, 지금 당장의 일자리를 만들 수는 없는 거잖아요. 그래서 선택지를 늘리기 위한 진짜 무기로 영어를 했으면 좋겠어요.

저도 나가서 일하고 싶다는 생각 많이 해요. 다만 저는 해결하고 싶은 문제가 한국에 있어 가지고 그 갈등이 있기는 한데 언젠간 또 나갈 것 같고 그래요. 대륙 이동해 다니면서 살고 싶어요. 지구 넓으니까~ 지구 진짜 넓으니까요. 지구인이라는 말 자체가 그런 거거든요. 우리가 한국이라는 나라에서 태어났지만 사실 주소를 full로 쓰면 '삼성동, 관악구, 서울시, 대한민국, 지구~!'니까, 지구라는 행성에서 태어났으니까 누리다가 죽어야 되지 않을까요? 하나씩 더 섭렵해 나가야죠.

(웃음) 10년 뒤에 어떻게 살고 계실지 정말 궁금하네요.

"수연 씨, 한국이세요?" 하하하.

기성세대가 20대를 이해하는 데 도움을 줄 수 있는 말이 있을까요?

그냥 이런 걸 들어 주시면 좋겠다는 제안 같이 드리고 싶은 말들은 있어요. 왜냐하면 공감은 내가 다른 사람을 온전히 이해할 수 없음을 인정하면서부터 시작한다고 생각하거든요. 우리는 Why라는 것을 고민할 겨를도 없이 힘들고 팍팍하게 살았던 그들의 삶을 이해할 수 없을 거고, 반대로 그들은 What으로만은 채워지지 않는 우리 삶의 공허함을 이해하지 못 할 거예요.

그렇다는 가정하에 이야기하자면, 저희는 먹고사는 문제보다 그 먹고사는 문제를 통해 과연 내 삶이 행복할지, 내 삶이 어떻게 채워질지를 고민하며 살아가고 있어요. 저희는 태생적으로 그렇게 태어났어요. 매슬로우 욕구이론만 봐도 그래요. 사람은 아랫단계가 채워졌을 때 윗단계를 고민하게 된다는 건데, 보면 저희 할아버지 할머니 세대는 6.25전쟁을 겪으면서 가장 기본적인 의식주와 안전에 위협을 느끼셨고 그런 욕구들을 충족시키기 위해 노력하셨어요. 그래서 그들은 늘 저희들 부모님에게 밥 잘 챙겨먹고 다니라고 말씀하시죠. 그다음 저희 부모님 세대는 안전에 대한 욕구까지 채워졌으니까 이제 사회적인 욕구. 소속되고 싶은 욕구, 인정받고 싶은 욕구가 크시죠. 그런 것들은 마찬가지로 자식에게 영향을 주게 돼요. 자식이 자신의 자랑이 되기를 바라는 부모님들도 계신 것 같고요. 그리고 이제 우리는 자아실현적인 부분까지도 고민할 수 있는 단계에 섰지만 사회에서 그들의 이야기를 듣고 그들과 함께 의사결정을 하는 과정 속에서 자꾸만 아래도 당겨지고 있다고 생각을 해요.

특히 경제적인 측면을 포함해서 부모자식 간의 분리가 잘 이루어지지 않고 그 과정에서 계속 갈등이 발생하는 건 단순히 부모 혹은 자식의 문제가 아니라 사회 구조적인 이유가 크다고 생각해요. 예를 들면 유럽국가들은 정부에서 대학 등록금부터 대학 다닐 생활비까지 모두 지원을 해 줘요. 우리는 부모님께서 내주시는 경우가 상당히 많잖아요. 부모님 입장에선 힘들게 일해서 번 돈 자식한테 투자했는데 당연히 같이 결정하고 싶으실 것 같거든요. 그러니까 부모님께 충분한 설명을 드리지 않고 지원만을 요구하는 건 우리도 그들 입장에 대한 공감을 하지 못한 것일 수 있어요.

다만 저희를 이해하고 싶은 부모님들께 드리고 싶은 말은, 물론 살았던 방식으로써 행복을 가르치려고 하시는 것도 이해가 가지만, 부모님들이 행복했던 방식이 저희의 행복의 방식이 아닐 수 있다 라는 것을 알아주셨으면 좋겠다는 거예요. 또 하나 제안드리고 싶은 건, 의견을 주장하기 전에 먼저 궁금해하고 물어보는 거예요. 호기심을 가지고 질문하는 것만으로도 서로가 알지 못했던 많은 것을 보고 발견할 수 있을 거라고 생각해요. 그렇게 해서 상대의 이야기를 들어보면 '아 얘는 이런 생각을 하고 있었구나', '얘가 살게 될 세상은 내가 살아온 세상과 다를 수 있겠구나', '그러면 그냥 믿고 내버려 둬 보자' 이렇게 생각이 좀 바뀔 수 있지 않을까 싶습니다.

질문은 끝났어요 수연 씨. 혹시 추가로 더 하고 싶은 말이 있나요?

이게 20대의 삶에 대한 이야기잖아요. 우리 20대들이 이제 좋은 점도 많지만 힘들다고 했을 때 그 정신적인 이유가 되는 것 중 가장 큰 게 '나를 이해하고 공감해 주는 사람이 없어서'가 아닐까 해요. 어떻게 보면 내가 공감받을 수 있을 거라고 생각하는 가장 가까운 부모님도 내가 살아가고 싶은 삶과 다른 삶을 나한테 제시하고 그 삶이 행복할 거라고 말해요. 공무원이나 안정적인 직장이나 그게 사회로부터도 맞는 거라고 생각이 되지만 사실 나랑은 잘 맞지 않는 것 같다는 생각이 들 때 그럴 때 혼란이 올 것 같기도 하고요… 또 참 슬픈 게 친구들끼리도 공감해 주기가 쉽지 않은 거예요. 왜냐면 그들도 각자 너무 팍팍하게 살고 있을 테니까요. 그래서 참 이리 치이고 저리 치여서 '아무도 나를 공감하지 못하고 있구나'라는 생각이 든다면 관점을 바꿔서 내가 내 삶을 공감하는 시작을 만들어 보는 건 어떨지… 권해 주고 싶어요.

우선 잠시 핸드폰을 끄고 노트북을 치우고 좋아하는 카페나 자연으로 가는 거예요. 그러고 나서 지금까지 순간만 보고 덮어 놓고 피했던 내 감정들, 감각들에 대해 다시 차분히 물어봐 주는 거예요. '왜 그런 기분이 들었냐고, 뭐가 그렇게 너를 불안하게 만들었냐고, 너가 정말 살고 싶은 삶은 무엇이냐'고. 이렇게 일상을 일시정지 한 채로 나에게 질문하고 공감하면 내 안의 부정적이라 여겨졌던 마음들은 더 이상 부정적인 것이 아닌, 나를 알고 변화시킬 수 있는 큰 자산이 될 거라고 믿어요. 내 삶의 고민들로부터 도망치게 되면 그 순간은 자유로움을 느낄지 몰라도 결국 고민은 다시 찾아올 거예요. 하지만 흔들림이 뿌리깊은 나무를 만들어 주듯이 고민 속에서 자신만의 답을 충분히 찾아본 경험이 있는 사람은 분명 또 다른 고민의 순간이 오더라도 또 다시 잘 해결할 수 있을 거라고 생각해요.

수연 씨 이야기를 들은 사람들은 정말 대단한 사람 이야기 하나 듣고 끝난 게 아니라 각자에게 필요한 많은 것들을 얻어갈 수 있을 것 같아요.

감사해요… 정말 너무 감사한 게, 그게 진짜 제가 전하고 싶은 거예요. 지금까지 해낸 것들, What을 이야기하면 "우와"는 받을 수 있는데 그래서 뭐해요. 제가 대단해서 이런 걸 한 것도 아니고 제가 이룬 것들이 막 대단한 것도 아니지만… 그냥 제가 있던 상황에서 꾸준히 뚜벅뚜벅 걸으면서 만들어 낸 과정들이어서 사람들에게 Why를 중심으로 한 제 이야기를 공유했을 때 사람들이 자신의 삶은 어떠한지 궁금해하면 저는 그게 너무 좋아요.

너무 고생 많았어요. 정말 수고했어요.

블로그: https://blog.naver.com/0626ksy
링크드인: https://www.linkedin.com/in/sooyeonkweon
라이프디자인 교육 연구소 인스타: lifedesignedulab

김영서

그 사람에 대한 진짜 관심. 뭘 좋아하는지, 어떤 음악을 듣는지, 무슨 영화를 즐겨 보는지를 궁금해하면 좋을 것 같아요. 함께 나눌 수 있는 것들은 서로 많이 나누면 좋잖아요! 또 약자들의 아픔을 외면하지 않았으면 좋겠어요. '더불어 같이 살아갈 때 사회 전체 행복감이 늘어난다'는 말이 있는데 그런 것들을 사회가 같이 고민했으면 좋겠어요. 그럴 때 더 행복해질 수 있다고 사람들한테 알려 주고 싶어요. (웃음)

5. 김영서

안녕하세요 영서 씨. 간단한 자기소개 부탁드려요.

네, 안녕하세요. 성공회대학교 사회융합자율학부에 재학 중인 18학번 김영서라고 합니다. 너무 정보 전달 형식으로 답한 것 같은데 괜찮나요? (웃음)

그럼요. (웃음) 바로 질문 드릴게요.
영서 씨 인생스토리를 자세히 듣고 싶어요.

생각해 보면 어릴 때부터 부모님이 맞벌이를 하셔서 부모님 관심을 많이 못 받고 자랐던 것 같아요. 분위기는 아주 보수적이었어요. 유치원에 다닌 적은 없고 어린이집을 다니다가 1년 정도 쉬고 초등학교에 입학해서 한글 같은 것도 제대로 배워 본 적이 없었던 것 같아요. 근데 5살 터울인 언니가 한 명 있는데 아버지 말로는 제가 언니가 컴퓨터

하는 걸 자주 보다가 타자기로 한글을 뗐다고 하더라고요. 또 초등학교 입학 전까지는 뭐 어머니랑 장 보러 갈 때? 빼고는 집 밖에 나가본 적이 거의 없었어요. 그래서 또래 친구들이랑 놀아본 경험이 많이 없어서 밖에서 노는 애들 보면 부러운데 용기는 없어서 말은 못 걸고 그랬죠.

그러다가 제가 빠른년생이라서 1년 일찍 초등학교에 입학하게 됐는데, 저한테는 너무 새로운 세계였어요. 또래 애들도 정말 많고, 신기하고 재미있는 일도 많고, 불량식품 같은 것도 너무 새롭고. 어릴 때 그렇게 폐쇄적으로 자라온 것 치고는 굉장히 활발하게 잘 지냈던 것 같아요. 발표하는 거 좋아하고, 나서서 뭐 하고, 반장도 여러 번 하고요.

그러다가 고학년 정도 됐을 때, 고학년이 되면 학교에 왕따 분위기가 돌잖아요? 저도 그런 왕따 경험이 많은 사람 중 한 명인데, 5학년 때쯤 소위 말해 노는 애들 무리가 형성이 되었던 것 같아요. 게네가 저를 포함해서 여러 친구들을 돌아가면서 왕따를 시켰죠. 너를 밟아 버리겠다, 뭐하겠다 하면서. 물론 이유는 없어요. 그때 그런 정의에 대해서 많이 생각하게 된 것 같아요. '나는 저런 애는 되지 말아야겠다'라는 각오도 하고요.

6학년으로 올라가니까 노는 애들은 없었는데 그렇게 배척하고 따돌리는 애들은 여전히 많았어요. 왕따 문화가 정말 지긋지긋하면서 너무 싫어지더라고요. 그래서 그런 애들한테 따지고 배척된 애들을 모아서 무리를 형성해서 놀았어요. 지금의 저와는 뭔가 거리감이 느껴지는데… 그때의 저는 굉장히 정의로운 아이였던 것 같아요.

그리고 초등학교 시절의 가장 큰 사건은 5학년 때 교회에 다니게 된 거예요. 제가 언니를 엄청 좋아했어서 맨날 언니를 따라다녔어요. 어느 날은 언니가 어떤 교회에 있다길래 언니를 찾으러 혼자 거기에 갔는데, 가서 전도를 당한 거죠. (웃음) 언니도 언니 친구한테 전도 당해서 거기에 다니고 있었거든요. 엄청난 보수 개신교였는데 거의 5년을 광신도처럼 다녔어요.

중학교는 혁신학교 시범학교에 가게 됐어요. 공교육은 뭐 수학하면 수학, 국어하면 국어 이런 식으로 교과서에 딱딱딱 정해진 내용을 배우잖아요, 혁신학교는 교육 프로젝트를 교사들이 짤 수 있는 거예요. 꼭 교과서를 쓰지 않아도 되는 수업이죠. 가령 원전 수업이라면 국어, 일본어, 역사, 과학 뭐 이런 걸로 묶어 가지고 '원전에 관련된 교과 지식과 원전의 위험성' 이런 걸 알려 주고 토론도 하면서 자유로운 방식으로 배우는 거예요.

학교랑 교사가 다 되게 진보적인 느낌이었어요. 동물권이나 채식 같은 개념들도 그때 처음 접했고, 역사학 교사도 굉장히 진보적이어서 5.18민주화 항쟁, 4.19혁명 이런 것들에 대해서 잘 알려 주셨어요. 저도 자연스럽게 그런 진보적 가치관을 동경하게 됐죠.

그런데 문제는 교회에서 가르쳐 주는 건 완전히 정반대였던 거죠. 목사가 일간베스트 저장소 글을 가져와서 "5.18은 폭동이다" 이렇게 말하는 정도였으니까요. 너무 혼란스러웠어요. 그 교회가 사이비 수준이었는데, 진짜 목사 말을 안 들으면 불지옥에 떨어질 것 같은 거예요. 그래서 중학교 3학년 때 혼자 생각 정리를 해 보겠다고 박정희 관련 서적을 한 8권을 찾아봤어요. 친박, 반박, 중박 뭐 이런 거… (웃음) 물론 다 읽지는 않았지만요.

그리고 교회 교사랑 학교 역사 교사한테 조언을 많이 구했는데, 제 혼란스러운 부분을 얘기했더니 두 분 다 저한테 너의 신념이 있길 바란다고 목사 신념이 곧 너의 신념이 되어서는 안 된다고 그런 얘기를 해 주셨어요. 그러면서 교회에 나가지 말아야겠다고 생각을 정리했죠.

큰 결단이었겠네요.

진짜 큰 결단이었어요. 그 교회에서 안 좋은 걸 많이 내재화했던 것 같아요. 특히 동성애혐오같은 호모포빅한 생각들이요. 그런데 그런 것들을 교회를 나가면서도 다 떨치지 못한 상태에서 고등학교에 입학을 했죠.

고1 때 반장도 하면서 잘 지냈고 한창 글 쓰는 데에 관심이 있어서 글을 재미있게 쓰고 있었어요. 그러다가 페이스북에 '부천 내에 글 쓰는 동아리가 있다' 이런 게 올라와서 보니까 청소년 글쓰기 동아리더라고요. 그래서 그걸 신청하고 활동하게 됐죠. 그런데 알고 보니까 청소년인권단체 준비설립위원회였던 거예요. 모임에 나가면 계속 청소년 인권에 대해서 이야기를 하더라고요. 그래서 처음엔 여기 뭐지? 하면서 잘 안 나갔어요.

그랬더니 겨울방학쯤에 동아리 담당 교사한테서 일대일로 한 번 보자고 전화가 오더라고요. 뭔가 어색하지만 어쨌든 나갔어요. 근데 그

담당 교사가 저한테 삶에 대한 이야기를 하는 거예요. 제가 뭘 좋아하는지도 물어보고, 인간관계에 대해, 인간이 왜 귀중한지에 대해 따뜻하게 잘 풀어내더라고요. 그런 대화가 저에겐 처음이었고 너무 인상 깊었어요. 그래서 그분 보려고 고2 때부터 모임을 자주 나가기 시작했어요. 그분 별칭이 포로리예요.

한 번은 저랑, 포로리 말고 거기 다른 교사 분이랑, 같이 활동하는 친구랑 셋이서 보게 됐는데 그때 되게 깊은 얘기를 나누게 됐어요. 그 친구가 커밍아웃을 했어요. 나는 양성애자라고. 그러면서 자기가 양성애자로 살면서 어떤 차별을 받았고 어떤 시선을 받았는지에 대해, 또 사회적 시선이 얼마나 나쁜지에 대해 저한테 얘기해 주는 거예요. 그때 정말 '헉!' 하는 마음이 들더라고요.

왜냐면 저는 교회를 다니면서 동성애 혐오를 내재화했고 고1 때까지만 해도 그런 걸 싫어한다고 당당히 말하고 다녔던 사람으로서 그게 너무 부끄러운 거예요. 그때부터 퀴어담론에 관심을 가지게 됐어요. 그리고 또 제가 고등학교 2학년 때가 페미니즘 붐이 일어났던 시기여서 저도 자연스럽게 페미니즘 물결을 타기 시작했어요. 페미니즘에 대해 열심히 공부하고 그러다가 청소년인권준비위원회에 여성 청소년 페미니즘 동아리를 만들어서 활동하기 시작했죠.

근데 그때까지 제가 학교 남자애들이랑 엄청 친했었는데 페미니즘을 접하고 나니까 그 친구들이 너무 싫은 거예요. 하는 말들이 너무 미개하고 폭력적이고… 그래서 그런 말을 할 때마다 "그거 성차별 발언이니까 하지마" 이런 식으로 말을 했는데 그 애들은 제가 되게 아니꼬웠던 거죠. "별게 다 성차별이다" 이렇게 반응하면서 "야야, 이러면 영서 기분 나빠하니까 조용히 하자" 이런 식으로 비꼬더라고요. 그런 일들이 쌓이면서 아 이제 쟤네들 그만 봐야겠다 하고 마음을 먹었죠.

너무 힘들었을 것 같아요.

진짜 정신적 타격이 컸어요. 근데 그때까지만 해도 약간 장난치는 분위기랄까? 위협적으로 '재 뭐다' 이렇게 몰아가는 분위기는 아니었는데 고3 때부터 그런 위협을 많이 받게 됐어요.

고3 올라가면서 여성혐오를 엄청나게 하는 어떤 남자애랑 작년 같은 반 남자애들이랑 같은 반이 된 거예요. 그 여성혐오 하는 애는 "여자애들이 시끄러운 거 싫다, XX년들 어쩌고저쩌고" 이런 식으로 대놓고 욕을 하는 정도인데 작년 같은 반 애들이 걔한테 제 얘기를 한 거죠. "되게 별난 애가 있다. 성차별 발언 하지 말라고 말하고 다니는 애다" 그러니까 그 남자애가 "어? 걔 메갈 아니야?" 이렇게 돼서 제가 그 때부터 전교 메갈이 됐어요. (웃음) 걔네들이 다 노는 애들, 학교에서 힘이 있는 애들이었거든요. 되게 힘들게 지냈어요. 지나갈 때마다 째려보고 위협하고.

그 좁은 공간 안에서… 너무 힘들었을 것 같아요.

맞아요. 그리고 정말 무서웠어요. 후추 스프레이를 만들어서 들고 다녔을 정도니까요. 하하 진짜 웃기네요 지금 생각해 보니까.

같은 반 애들도 그냥 별 생각 없이 그런 대세의 분위기를 따랐고, 저도 재네랑 노느니 그냥 혼자 지내야겠다 하고 오히려 대외활동에 신경을 많이 썼어요. 그때 또 다른 청소년 페미니즘 활동을 하는 단체가 있어서 거기서 활동을 많이 했는데 그러다가 책을 쓸 수 있는 기회가 생겼어요. 그래서 저도 공저자로 열심히 써서 '걸 페미니즘'이라는 책을 출판을 했죠. 요즘 몇몇 대학교 청소년 교육론 수업에서 그 책으로 서평 쓰기를 진행한다고 하더라고요. 또 당시에 여성 청소년 페미니즘에 대해서 얘기를 했던 단체가 별로 없었어서 여성중앙잡지에서 저희 단체를 찾아와서 인터뷰 하고 기사 내고 그랬어요. 오마이뉴스에서도 취재 오고. 그렇게 바쁜 시간들을 보냈어요. 고등학교는 제가 어떤 실적을 쌓는? 그런 시간이 됐던 것 같아요.

그러다가 대학생이 됐죠. 그래도 공부를 어느 정도 해 놨던 결과로 수시로 들어왔어요. 사실 저는 대학에 올 생각이 없었거든요. 청소년 인권에서 가지를 뻗어서 대입을 거부해야 한다는 생각이 있었기 때문에 대학에 갈 생각이 없었는데 주변에서 계속 가 보라고 말을 하고, 또 진보 성향의 학교가 가까이에 있고 해서 원서를 넣었는데 다행히 붙었어요. 그래서 오게 됐어요.

그리고 고등학교 거의 끝 무렵에 남자친구를 사귀었었는데 그 사람이 엄청나게 폭력적인 사람이었어요. 처음에 다가올 때는 자기는 페미니즘에 관심이 있고 동물권에 관심이 있다 이렇게 말을 했었는데 거짓말이었던 거죠. 그 당시에는 제가 메갈로 몰리고 페미니즘과 동물권에 관심이 아주 많다 보니까 그런 말만 들어도 괜찮은 사람일 거라고 생각했었는데 실제로는 데이트 폭력을 일삼는 사람이었어요. 물리적 폭력을 당한 적은 없지만 집착의 수준이 심각했어요.

너 어디야? 연락이 조금만 안 되면 뭐라고 하고, 이제 막 대학교 입학하는 시즌인데 새터도 못 가게 하고 오티도 못 가게 하고 그러는 거죠. 가면 남자들 있다고요. 제가 페이스북에 프로필사진을 올리면 제 사진에 좋아요 누른 사람들 목록을 쫘르륵 훑어보다가 그중에 남자가 있으면 누구냐면서 그 사람 프로필을 막 뒤져요. 그래서 그 사람 사진에 제가 좋아요 누른 게 있으면 왜 눌렀냐고 따지고. 욕도 정말 많이 하고… 그래서 제가 대학교에 들어와서 1학기 내내 친구를 못 사귀었어요. 맨날 수업 끝날 때마다 학교로 오고 집착하고 그래서.

어느 날은 인터뷰를 따야 하는 과제가 생겨서 학부 단톡방에 이런 인터뷰 할 사람 구한다고 올렸어요. 그랬더니 누가 자기가 하겠다고 연락이 와서 인터뷰를 했는데 그 사람이 남자였어요. 남자친구한테 그 사실을 숨겼죠. 근데 너무 무서운 거예요. 이거 걸리면 난 진짜 끝장나겠다 싶고. 그래서 너무 무서워서 헤어지자고 했어요. (웃음) 결국 좀 웃기게 헤어졌는데, 헤어지고 나니까 마음이 너무 편하더라고요. 친구도 많이 사귀게 되고.

그리고 대학 와서도 청소년인권활동을 계속 하고 있었는데 활동을 좀 오래 했다 보니까 아까 말한 포로리라는 사람이 저한테 "청소년인권교육에 나가 볼래?" 이러더라고요. 그래서 그때부터 공교육에 투입돼서 중학교 1학년들 대상으로 청소년 인권교육을 하게 됐어요.

어떤 내용이에요?

주체성에 관한 이야기를 나누는 건데요, 나이주의에 반대하는 것들, 학교 교칙을 살펴보는 것들, 그리고 학생 인권 조례에 대해 알아보는 것들. 그런 내용의 수업이에요. 근데 나이주의를 설명하기에는 어린 대상이라서 이해가 안 될 수가 있어서 예시 같은 걸 들어줘요. 일상에서의 어른과 청소년의 관계를 바꿔서 보여 주는 식으로요. 저는 그 교육을 하면서 가장 놀랐던 게, 학생들한테 자신이 원하는 학교를 그려 보거나 써 보라고 했더니 여러 명한테서 '성차별 없는 학교'가 나온 거예요. 중학교 1학년 학생들인데. 너무 놀랐어요. 이래서 교육이 중요하구나 싶더라고요.

그 수업은 정규수업이에요?

네, 정규수업이요. 1학년들이 자유학년제라서 자기가 듣고 싶은 수업을 선택할 수 있는 시간이 있거든요. 그래서 일주일에 한두 교시를 애들이 이동 수업 하듯이 와서 듣고 가는 형식이에요.

요즘은 어떻게 지내세요?

요즘에는 학생회 일 하고, 민중가요 동아리 정기공연 준비하고, 인권단체 활동하고, 연애도 하면서 정신없이 바쁘게 지내고 있어요. 그래서 오히려 좀 우울하고 무기력한 감정이 들어요. 선택과 집중을 하기 위해 총학생회랑 동아리는 이번 년도까지만 하려고요.

인생에서 감사하게 생각하며 살아가는 것이 있다면 무엇인가요?

인간관계가 제일 감사한 것 같아요. 저는 인복이 있다고 생각해요. 주변 사람들이 너무 좋은 사람들이라 절 많이 챙겨 주고 많은 걸 알려주고 했어요. 제가 사실 엄청 보수적인 교회를 다니다가 갑자기 성향이 정반대가 되어 버린 거잖아요? 근데 저는 그때보다 지금이 훨씬 행복하고 멋진 사람으로 살고 있다는 생각이 들어요. 제 생각을 바꾸게 해 준 친구, 커밍아웃을 했던 친구나 저의 역량을 이렇게 키워 줬던 포로리나 그런 사람들한테 너무 감사해요. 그리고 대학 와서 만난 인연들. 저를 잘 알아봐 주는 사람들이 정말 많은데, 그 사람들에게 너무 감사해요.

10년 전의 자신에게 해 주고 싶은 말이 있나요?

음… "너무 착하게 살지 마?", "너무 착한 딸이 되지 마, 그러지 않아도 돼. 너 정말 많이 외롭겠구나" 이런 말을 해 주고 싶어요. 제가 생각했을 때 제 유년기가 좀 안쓰럽거든요. 부모님이랑 시간을 많이 못 보낸 게 그게 많이 커요. 언니가 있기는 하지만 5살 터울이라 자기 놀 나이고 아버지는 진짜 무관심하고 어머니는 저녁 늦게 돌아오시고. 그러다 보니까 밥을 챙겨 먹을 수가 없어서 엄마 올 때까지 기다리면서 굶었던 기억이 많아요. 그리고 되게 심심했던 기억들이 많아요. 탱탱볼 같은 거 혼자 튕기면서 놀았던 기억이 막 나니까 나 좀 외로웠다, 안쓰럽다 그런 생각들이 들어요. 근데 또 긍정적으로 생각해 보면 혼자 놀면서 상상력이 풍부해졌던 것 같기도 하고요. (웃음)

가지고 살아가는 삶의 철학이나 신조가 있나요?

'사람은 귀하다. 관계는 소중하다' 저는 이런 가치를 늘 지니고 살아가는 것 같아요. 제가 언젠가 누군가한테 "활동가로서 살고 싶다. 근데 돈을 못 벌어서 굶어 죽을 거 같다"라고 얘기한 적이 있어요. 근데 그때 그 사람이 "영서야, 관계만 있으면 굶어 죽지 않아"라고 말을 해 줬거든요. 그때는 "뭐래~" 이랬는데 크면서 실감을 하는 것 같아요. 실질적인 이익을 위해서 관계를 쌓는 게 중요하다는 게 아니라 나눌 수 있는 것들이 많기 때문에 관계가 소중하다는 말이에요. 제가 가장 좋아하는 문구가 '내가 지탱하는 당신의 삶'인데요, 그게 현재 저의 신조라고 말할 수 있을 것 같아요.

꿈이 있나요?

예전에는 활동가가 되고 싶었는데 지금은 사랑에 대한 강연을 하는 사람, 혹은 책을 쓰는 사람이 되고 싶다는 막연한 꿈을 가지고 있어요. 제가 사랑, 연애, 성 이런 주제의 책을 좋아하고 재미있어 하거든요. 좋아하는 책 중에 《올 어바웃 러브》라는 벨훅스 작가의 책이 있는데, 사랑이란 무엇인가? 사랑을 하는 게 왜 중요한가? 이런 내용을 담고 있어요. 우리가 꿈꾸는 이상적인 사랑에 대해서 그려볼 수 있게 해주는 좋은 책이에요. 에리히 프롬의 《사랑의 기술》이랑 비슷한 맥락이에요. 요즘 사랑이라는 키워드로 비연애나 폴리아모리 관련 책들이 나오면서 사랑에 대한 다양한 접근들이 생기는데 《올 어바웃 러브》나 《사랑의 기술》 같은 이론서 유는 잘 나오지 않는 것 같더라고요. 저는 그런 유의 책을 쓰고 싶어요.

10년 후의 나에게는 무슨 말을 해 주고 싶나요?

10년 후가 빨리 왔으면 좋겠어요. (웃음) 청소년과 청년들을 잊지 말고, 맛있는 것도 많이 사 주고, 많은 도움을 주라고 말하고 싶어요.

사회에 불만을 느끼는 점, 혹은 개선이 필요하다고 생각하는 점이 있다면 무엇인가요?

정말 많아요. 하지만 그중에서도 제가 관심이 많은 주제 세 가지만 뽑자면 청년, 여성, 청소년 문제인데요. 일단 청년, 딱 대학생이 되고 느낀 게 1년, 2년 차이로 불안감이 크게 증폭한다는 거예요. 졸업하면 당장 취업 준비를 해야 되는데 취업이 될지 안 될지 너무 불투명하고, 어떻게든 일은 하게 된다고 많은 사람들이 말하지만 사실 그 나이가 되지 않았으니까 그건 아직 모르는 거고, 그래서 겁이 나는 거죠. 자기가 뭘 하고 싶은지 생각해 볼 여유도 없이 학점 잘 받으려고 과제하고 스펙 더 쌓으려고 자격증 준비하는 게 흔한 주변 사람들의 모습인데, 한국의 20대 청년들이 실제로는 이런 현실이 싫으면서도 다들 왜 그렇게 지내는 걸까 이런 생각을 했을 때, 국가가 사람들의 삶에 대해서 제대로 보장을 해 주지 못한다는 생각이 들었어요.

의식주가 보장이 되어 있는 상태에서 사람은 인간답게 살 수 있고 더 나아갈 수 있잖아요. 그런데 국가가 그런 걸 보장도 안 해 주고 그냥 딱 태어나는 순간부터 "너의 삶은 너가 책임져" 이러니까 다들 불이익을 받는 상황에서도 침묵할 수밖에 없는 거죠. 먹고 사는 문제가 거기에 달려 있으니까요. 그래서 '사람이라면 누구나 태어난 그 자체만으로도 돈을 받아야 한다'라는 기본소득제가 빨리 도입이 되어야 한다고 생각해요. 아직 초기 시범단계이지만 경기도에서는 벌써 시행하고 있어요. 24세부터 분기마다 25만 원씩 줘서 1년에 100만 원을 지원하고 있어요. 그리고 만약 기본소득제 도입이 불가능하다면 최저

시급을 많이 올리고 노동시간을 단축시켜야 된다는 생각도 해요. 제일 시급한 먹고 사는 문제니까요.

그리고 여성에 대한 시선들. 오늘 딱 〈82년생 김지영〉 영화를 보고 왔거든요. 마음이 많이 아팠어요. 여성으로 살아간다는 게… 남자는 그냥 사람이고 여자는 여성인 삶을 사는 것 같다는 생각이 들었어요. 개선되어야 할 게 너무 많아서 전부 다 얘기할 수는 없을 것 같은데요, 제일 먼저 여성이 성적으로 대상화되고 성폭력과 성위계에 대한 걱정을 하고 사는 것들이 없어져야 된다고 생각해요. 성별에서 오는 임금격차, 유리천장, 경력단절, 이런 문제들도 당연히 해결이 되어야 될 부분들이고요. 육아도 여전히 가정에게 전적으로 맡기죠. 이렇게 살기 어려운 시대인데 애는 그냥 낳아라 국가가 돌보겠다 하면서 실상 진짜 돌보지 않잖아요. 그렇게 되면 결국 가정에서도 여성이 육아를 맡게 되는데 이런 사회구조 속에서 그렇게 무책임한 말을 하는 게 어이가 없어요. 육아에 대한 걱정을 덜 수 있는 제도가 하루 빨리 마련이 됐으면 좋겠어요.

청소년 문제는, 그때가 특히 간섭을 많이 받는 시기잖아요? 청소년은 보호라는 이름 아래에 억압받고 차별 받는 존재라고 생각해요. 저는 중학교를 혁신학교를 다녔어서 그런 교칙 같은 것에서 되게 자유로웠어요. 염색도 되고 파마도 되고 화장도 되고. 그러다가 고등학교에 입학을 했는데 다 금지라는 거예요. 머리가 자연 갈색일 수도 있는데 그걸 확인증까지 끊어 오라고 하고, 지나가는 사람 귀 들춰서 귀걸이 찼는지 확인하고, 화장품 뺏어 가고, 담요 뺏어 가고. 이렇게 교칙이 특히 더 심한 학교에 다니게 되니까 중학교 때랑 비교가 확 되면서 내가 억압 받고 있다는 걸 느낀 거죠. 그때 의문을 가졌어요. '왜? 학생은 왜 그러면 안 되지?' 근데 교사들이 그것에 대한 답이라고 한다는 말들이 다 논리가 없는 거예요. "학생답지 않아서"라고 말을 하는데 거기서 그럼 학생다운 건 뭐냐고 질문을 하면 "토 달지 마" 이렇게 되는 거죠. 그런 대화방식 같은 사소한 것부터 바뀌어야 할 것 같아요.

그리고 크게 보면 입시문제? 되게 스트레스 많이 받잖아요. 성적 하나가 그 사람의 존재를 증명하는 것처럼 도식화되고. 이번에 성적 얼마나 나왔냐 이러면서 서로 비교하고. 교사들도 학생들을 그런 식으로만 보면서 맨날 대학 얘기하고. 근데 그런 것들에 대한 문제의식을 가지는 학생은 많이 없어요. 12년 동안 대학이 당연한 목표인 채로 자라 왔으니까 그 과정들도 당연시되는 거죠. 저는 그게 너무 싫었던 것 같아요. 이게 왜 당연할까? 나는 너무 답답하고 싫은데, 공부하기 싫은데 할 수밖에 없게 되는 이 상황이 너무 힘들고 슬픈데, 애들은 그냥 어쩔 수 없는 거다 하면서 넘기는 게 이해가 안 됐어요. 사실 애들이 그렇게 넘길 수밖에 없는 것도 결국은 교육제도가 그렇기 때문에 어쩔 수 없는 거잖아요. 교육제도가 이해가 안 된다고 혼자 따르지 않으면 특별한 거 없는 개인은 결국 혼자 도태될 테니까. 너무 가혹하죠. 교육제도가 많이 바뀌어야 된다고 생각해요.

또 학교 밖 청소년들. 학교를 다니지 않는 청소년들이 느끼는 불안감은 훨씬 더 커요. 인식도 좋지 않고 아르바이트를 하려고 해도 부모 동의를 받아야 하고 무엇보다 어디 갈 수 있는 데가 없는 거예요. 부모한테 가정폭력을 당했을 수도 있는데 집으로만 가라고 하는 거예요. 가정폭력은 신고를 해도 조치도 제대로 안 해 주는 경우가 많아서 그런 청소년들은 정말 갈 데가 없어요. 청소년들을 진짜로 보호해 줄 수 없다는 것에 큰 문제를 느껴요.

20대를 이해하려는 기성세대의 시도에 도움을 줄 수 있는 말이 있을까요?

저는 기성세대가 본인의 실패 경험을 얘기해 줄 수는 있는데, 그걸 토대로 젊은 사람들의 경험을 제한시키지 않았으면 좋겠다는 생각이 들어요. “너 그렇게 하면 안 돼, 내가 해 봤는데 이거 아니야” 이러면서 한 사람의 행동을 가로막는 건 그 사람의 기회를 함부로 박탈시키는 것과 같으니까 그런 말을 할 때는 정말 조심스럽게 해 줬으면 좋겠어요. 또 걱정을 가장한 참견을 하지 않았으면 좋겠어요. 걱정이 되는 마음을 전달해 줘야지 엄청난 실질적인 조언을 해 줄 필요가 없다고 생각해요. 청년들이 어떤 고민을 털어놨을 때 “네가 그렇게 살면 안 되지”라는 말보다는 그 감정에 대해 공감해 주고서 그다음에 본인의 생각 혹은 경험을 말해 주면 좋을 것 같아요. 별거 아니라는 듯이 말하지 않았으면 좋겠고요. (웃음)

사회 혹은 사람들에게 더 하고 싶은 말이 있나요?

좀 따뜻한 사회가 되었으면 좋겠어요. 그러기 위해서는 서로에 대한 관심이 필요한데, 저희가 상대방에게 주로 묻는 건 이런 것들이잖아요. 어느 학교 나왔어? 무슨 학과야? 결혼은 했어? 정보 중심적으로 물어 보잖아요. 이제 그런 것들보다는 그 사람에 대한 진짜 관심. 뭘 좋아하는지, 어떤 음악을 듣는지, 무슨 영화를 즐겨 보는지를 궁금해하면 좋을 것 같아요. 함께 나눌 수 있는 것들은 서로 많이 나누면 좋잖아요! 그리고 마음 상태와 감정에 대해서 많이 물어보는 사회였으면 좋겠어요. 그래서 관계 맺는 것을 중요시하는 사회가 되었으면 좋겠어요. 또 약자들의 아픔을 외면하지 않았으면 좋겠어요. "더불어 같이 살아갈 때 사회 전체 행복감이 늘어난다"는 말이 있는데 그런 것들을 사회가 같이 고민했으면 좋겠어요. 그럴 때 더 행복해질 수 있다고 사람들한테 좀 알려 주고 싶어요. (웃음)

강유진

2학년 2학기부터 휴학하고 고시공부를 시작했어요. 학교 주변 하숙집에 살면서 학교 고시반에서 했는데, 일과는 매일 똑같아요. 8시에 일어나서 12시까지 인강 듣고 스터디 하면서 공부하는 거예요. 삼시세끼 먹고. 막 그렇게 힘들지는 않았어요. 근데 재미가 없었죠. 고등학교 때 대학 오기 위해서 엄청 노력했는데 그게 또 무의미해지는 순간인 거죠. 실체가 없는 걸 쫓으면서 내가 원하는 게 뭔지도 모르고 그냥 대학 가야지 해서 왔는데, 사실 대학에도 뭐 특별한 게 없잖아요.

6. 강유진

안녕하세요 유진 씨. 간단한 자기소개 부탁드려요.

네, 안녕하세요. 저는 26살, 이제 직장에 들어간 지 3개월 차인 강유진(가명)입니다. 서울시에서 공무원으로 일하고 있습니다.

10년 전, 16살의 자신에게 해 주고 싶은 말이 있나요?

그때는 외고 준비를 하느라 학원 다니면서 바쁘게 살았었는데, 그렇게까지 살지 않아도 된다고 말해 주고 싶어요. 지금 생각해 보니까 굳이 그렇게까지 하면서 외고를 갈 필요는 없었던 것 같아요.

왜요?

그냥 그때는 제가 무슨 뜻이 있어서라기보다는 부모님이 가라고 하고 주변 친구들도 다 준비를 하니까 압박감을 느끼면서 공부를 한 거였는데, 그렇게 안 한 다른 사람들도 다 잘 살더라고요.

유진 씨의 인생 스토리를 들려 주세요.
어린 시절 기억나는 것부터 얘기해 주셔도 돼요.

인생 스토리라고 할 게 많이 없기는 한데요, (웃음) 저는 경상북도 영주에서 외동으로 태어났고, 거기서 계속 살다가 7살에 아빠가 서울로 발령을 받으시면서 같이 서울로 올라왔어요. 약간 집안이 제 위주로 굴러갔던 것 같아요. 부모님이 엄청 잘해 주셨고, 화목했다고 말할 수도 있을 것 같아요. 특히 아빠랑 같이 하는 활동이 되게 많았어요. 같이 산에도 가고 자전거도 타고요.

초등학교 때까지는 친구들이랑 놀고 적당히 학원 다니고 하면서 별 걱정 없이 살았던 것 같아요. 그리고 초등학교 때 처음 간 학원이 미세스장이라는 영어학원이었는데 맨날 영어 노래 부르면서 재미있게 다닌 기억이 나요. 그때 영어에 대한 관심이 많이 생겼던 것 같아요. 성격은 되게 짓궂어서 친구들 괴롭히고 그랬어요. 애들을 막 왕따시키고 이런 게 아니라 그냥 짓궂게 장난쳐서 친구 울리고 그랬던 것 같아요. 그래서 사과한 기억도 있고. 중학교 때부터는 이제 그러면 안 되겠다고 생각을 해서 의식적으로 남한테 싫은 소리 안 하고 더 잘해 주려고 했던 것 같아요.

중학교 때는 외고 준비하느라 난리였어요. 특히 2학년부터는 외고 전문 학원에 다녔는데 수업 스케줄이랑 거기서 내주는 숙제가 너무 많아서 매일 그 공부만 했어요. 그리고 매달 월말 평가를 봤는데 그 성적표를 다 나눠 주니까 그런 거에도 스트레스를 많이 받아서 일부러 집에 안 가고 할머니 집에서 공부하고 그랬어요. 되게 빡빡하게 살았어요 그때는. 지금 생각해 보면 아무 의미 없는데.

그렇게 2년 정도 타이트하게 공부하고 외고에 합격을 했죠. 갔는데… 부자가 되게 많았어요. 한 50%는 평범한 집이고 50%는 부모님이 전문직? 판검사나 의사인 집이었어요. 근데 그 애들은 과외도 많이 받고 학원 선택도 자유로운데 저희 부모님은 저한테 그렇게까지 해주지는 못하니까 저는 그런 거를 못 받아도 더 잘해야겠다는 생각이었어요. 더 압박감을 느끼면서. 수학 못한다고 수학학원 2개씩 다니고 그랬어요. 주말마다 아빠가 대치동 태워다 주고 그랬죠. 그때도 되게 빡빡하게 살았어요.

그때의 목표는 그냥 대학교. 대학을 잘 가야겠다는 생각만 했던 것 같아요. 친구 문제 같은 다른 고민은 없었어요. 주위에 다 비슷한 친구들만 있으니까 그냥 같이 있으면 재미있고 즐거웠던 기억이에요. 그런데 고등학교 들어가면서 아빠가 제 학업에 대한 집착이 심해졌어요. 집에서는 애 공부한다고 엄마도 전화를 못 받게 할 정도로요. 근데 공부 안 하고 좀 쉬고 있을 때도 그러니까 저도 저대로 약간… '이 순간에도 공부를 해야겠구나' 하면서 스트레스를 받았던 것 같아요.

그러다가 수시로 대학에 들어갔어요. 글로벌 리더학부로요. 법이랑 경제학, 행정학 이런 사회과학쪽을 배우는 학과예요. 이 과도 사실 정체성이 없는데 로스쿨이나 고시 준비를 도와주는 학과라고 해가지고

아빠가 "그럼 이제 거기 가서 고시 준비해야겠다"해서 갔던 것 같아요. (웃음)

신경을 많이 쓰셨네요.

네, 지금도 그래요. 직장을 가서도 거기에 필요한 공부를 해야 된다고. 거의 그냥 제 스케줄을 짜요.

지금도요?

네, 지금도. 중고등학교 때는 당연하고 대학 다닐 때도 그랬고요. 이게 근데 화를 내도 그 순간에는 "아 알겠어. 이제 관심 안 가져"라고 하는데 하나밖에 없는 딸이니까 계속 그러죠. 제가 성공하길 바라서 그러는 거겠지만요. 근데 좀 심해요. 어느 정도냐면 얼마 전에 남자친구가 생겼는데 그걸 초반에는 엄마아빠한테 말을 안 했었어요. 그러다가 이제 집에 늦게 오는 거 변명하기도 귀찮아져서 그냥 말을 했더니 엄청 화를 내는 거예요. "왜 공무원을 만나냐, 돈도 잘 못 버는데" 이러면서. 저는 엄마아빠가 그냥 궁금해할 줄 알았는데 소리를 지르면서 화를 내니까 너무 놀란 거예요. 그날 엄청 싸웠어요. 무슨 결혼할 사람 데려온 것처럼, 아니 결혼할 사람이라고 데려와도 그 정도로는 안 할 것 같은데… 너무 당황스러운 반응이었어요. 사실 이게 제 첫 연애라서 제가 처음 남자친구가 생기니까 그걸 받아들이기가 어려웠나 봐요.

생각해 보면 아빠도 진짜 문제였던 게, 고등학교 때 제가 조금 좋아했던 친구가 있었어요. 근데 아빠가 제가 그 친구랑 문자한 것을 보고

"너 지금 이렇게 해 놓고 대학 못 가면 사람들이 여전히 너 좋아해 줄 것 같냐?" 이런 말을 하는 거예요. 그때 그 말에 너무 충격을 받아서 그 이후로 이성교제에 대한 생각은 아예 접었던 것 같아요. 누가 날 좋아한다고 해도 그냥 기분만 좋았지 뭘 같이 하고 사귀고 이런 건 생각도 안 해 봤어요. 그런 건 당연히 대학교 간 이후에 하는 거라고 생각하고. 저희 아빠도 진짜 문제였죠. (웃음) 그래도 요즘은 남자친구 아직 만난다고 하면 "아 난 싫은데~" 이 정도로 말을 해요.

대학교 1학년 때는 시간도 많고 기숙사도 썼었는데 그냥 어영부영하다가 끝난 것 같아요. 동아리들도 다 그냥 술 먹는 동아리 같아 보여서 안 들어가고. 2학년 때부터는 고시공부를 했어요. 학교 들어가기 전부터 아빠가 "이제 고시공부 해야지?" 했고, 저도 이제 뭐… 저희 아빠는 할아버지가 일찍 돌아가시고 어린 시절부터 어렵게 살아와서 생존에 대한 불안감이 항상 있었어요. 그래서 제가 대학에 들어갔어도 취업을 못할까 봐 1학년 때부터 시험 준비해라, 고시 공부해라 약간 이런 압박을 준 거죠. 그러다 보니까 제가 하는 활동들은 다 취업을 위한 활동이었고 자유롭게 놀지를 못했어요. 사실 20대 초반에만 할 수 있는 모험 같은 게 있잖아요, 아무 생각 없어도 되니까요 그때는. 그냥 막 뭐든지 여러가지 해 보면서 자기 적성을 찾는 그런 과정이 분명 삶에 큰 도움이 될 텐데 그런 걸 못한 거죠.

근데 아빠랑 친하면서도 아빠 말을 되게 당연하게 받아들였네요?

네, 아빠랑 맨날 얘기하고 주말마다 산에도 가고 그랬는데, 약간 스톡홀름 증후군? (웃음) 막 피해자랑 가해자 그 정도까지는 아니지만 아빠가 나를 너무 억압하고 나한테 안 좋게 말하는 것 같아도 '어쨌든 아빠고 나를 위해 그러는 거겠지' 하고 그냥 따랐던 것 같아요. 저도 뭘 하고 싶다고 딱 이렇게 말하는 개성이 강한 아이는 아니었고요. 그래서 진짜 지금 동생이 있어서 그 애가 스무 살이고 그러면 제가 아빠를 막아 줄 수 있을 것 같아요. 고시든 뭐든 너무 그렇게 하라고 하지 말라고. 그렇게 필요한 것도 아니고, 다양한 거 경험해 보고 나서 정할 수도 있는 거라고. 직무를 빨리 정하지 않아도 그냥 20대 초반엔 많은 것들 해 보는 게 남는 것인 것 같아요. 인생 엄청 긴데… 다들 불안감 때문에 그러는 것 같아요. 천천히 해도 괜찮은데… 지금 제가 로스쿨 간다고 마음 먹으면 갈 수도 있는 거고. 아 근데 돈이 있어야죠. (웃음) 아빠도 저한테 지원해 줄 돈이 없으니까 그랬던 것 같아요.

2학년 2학기부터 휴학하고 고시공부를 시작했어요. 2014년부터 4년 동안 다섯 번을 휴학하고 했고 중간에 세 학기는 학교 다니면서 했어요. 휴학하고 할 때는 주변 하숙집에 살면서 학교 고시반에서 했는데, 일과는 매일 똑같아요. 8시에 일어나서 12시까지 인강 듣고 스터디하면서 공부하는 거예요. 삼시세끼 먹고. 막 그렇게 힘들지는 않았어요. 근데 재미가 없었죠. 뭔가 고등학교 때 대학 오기 위해서 엄청 노력했는데 그게 또 무의미해지는 순간인 거죠. 실체가 없는 걸 쫓으면서 내가 원하는 게 뭔지 모르고 그냥 대학 가야지 해서 왔는데, 사실 대학에도 뭐 특별한 게 없잖아요. 그래서 그때 우울함을 많이 느꼈던 것 같아요. 시험 공부하느라 힘든 게 아니라 그냥 '별거 없구나, 내가 지금까지 준비해 왔던 것들이 진짜 다 별거 없구나. 와서도 공부하는 거고 앞으로도 똑같겠구나' 하는 생각이 들었어요.

우울했겠네요…

만약 여러가지 활동을 했으면 재미있었을 것 같아요. 왜 어떤 활동을 해서 재미있는 거랑 그냥 친구들 만나서 소소하게 재미있는 거랑 다른 재미잖아요, 저는 활동을 하면서 얻은 재미가 있었는지 모르겠어요.

그래서 24살에 계속할까 그만둘까 고민을 좀 했는데, 진짜 제가 습관처럼 시험을 준비하고 있더라고요. 안 될 걸 알면서도 해 온 게 있으니까… 왠지 지금 놓으면 다른 건 아무것도 준비된 게 없어서 취업도 못할 것 같고. 그래서 그거에 또 스트레스를 받다가, 4월에 시험 결과가 나오는데 그때 떨어진 걸 확인했죠. 그러니까 '아 이제 진짜 그만해야겠다'라는 생각이 들더라고요. 2017년에. 그래서 공부를 그만두고 알바를 4개월 정도 해가지고 혼자 3주 동안 유럽여행을 갔다 왔어요. 갔다 와서는 이제 또 취업을 해야겠다는 생각이 들어서 컴활학원을 다니고. 근데 그러면서 자소서 몇 개를 써서 냈는데 하나도 되는 게 없는 거예요. '아 이거 취업도 힘들겠다' 싶었죠. 그래서 결국은 그냥 7급 공무원 준비를 하게 됐어요. 2018년도 3월부터 바로 준비를 했던 것 같아요. 휴학하고서.

그 해 6월에 서울시가 있었는데 그건 너무 빨라서 아예 안 됐고 국가직은 두 문제 차이로 조금 아깝게 떨어졌어요. 그리고 10월에 지방

직이 있었는데 제가 문경에서 태어나서 거기서 시험을 볼 수가 있더라고요. 근데 그것도 고민을 엄청 했어요. 마지막 한 학기가 남았었는데 휴학을 하고 문경 시험을 준비해야 되나 그냥 복학을 해야 되나. 왜냐면 그게 붙어도 문경에 가서 살고 싶지 않았거든요. 근데 아빠도 "그냥 해라" 이러고, 저도 이 시험 이제 그만 끝내 버리고 싶어서, 진짜 더 이상 공부하기 싫은 그런 생각이 들어서 정말 울면서 했던 것 같아요. 그리고 그 시험에 합격을 했어요. 그래서 면접 준비를 하는데 갑자기 서울시가 추가 공채를 하는 거예요. 2019년 2월에. 그래서 다시 준비를 했죠. 그래서 이제 필기 붙고, 학교 다니면서 면접 준비해서 최종 합격을 했어요. 두 곳 다.

와 축하드려요. 마지막 학기 마음 편하게 다니셨겠어요.

네, 그렇죠. (웃음) 그래서 산악부도 들어가고 너무 좋았어요. 뭔가 다른 동아리들은 어디를 가나 편 가르고 정치질하는 그런 게 있어 보였는데 여기는 개성 강한 사람들이 많다 보니까 진짜 약간… 서로 눈치를 안 보더라고요. 그런 게 너무 좋아 보였어요. 보통은 인싸? 그런 사회화된 느낌의 사람들이 당연히 인기가 많고 그렇지 않은 사람들이 좀 소외되는 경향이 있잖아요, 근데 여긴 다 마이웨이고 그렇다고 서로 싫어하는 것도 아니고 그냥 사람들이 다 자기대로 있어서 되게 좋아요. 즐거워요.

너무 좋네요, 어떻게 들어가게 됐어요?

전부터 계속 산악부가 들어가고 싶기는 했어요. 2017년에 휴학할 때도 들어갈까? 했는데 그때는 친구들이 너 나이에는 동호회를 들어가야 된다고 뭐라 했었거든요. 그래서 아 그렇지? 그냥 시험 준비나 제대로 해야겠다 하고 아예 다시 생각을 안 했어요. 근데 이제 시험도 다 끝났겠다 마지막 학기는 즐겁게 다니고 싶은 거예요. 그래서 친구들 말 무시하고 그냥 에브리타임에 산악부 홍보글 올라왔길래 나이 많은 사람도 되냐고 물어 보고 (웃음) 그러고 갔죠. 정말 잘한 선택이었던 것 같아요.

그렇게 여유가 생기니까 좀 후회되는 것들이 보이더라고요. 학교 다니면서 되게 재미 없었던 게, 수업을 제가 듣고 싶은 걸 들은 게 아니라 시험에 도움되는 것만 들었거든요. 그냥 학점 잘 나오고 쉽게 할 수 있는 것들. 과제 많고 그래도 재미있는 수업들이 있는데 그런 것들을 안 들은 게 조금… 후회가 됐어요. 그런 식으로 대학 와서 무의미하게 흘린 게 좀 많았어요. 근데 저희 과 애들이 다 그랬어요. (웃음)

그리고 요즘 들어서는 사람을 다양하게 많이 안 만나고 다닌 게 조금 아쉬워요. 저는 혼자 공부해서 성과를 내는 거에 너무 익숙해져서 사람을 믿어가지고 뭔가를 같이 해서 같이 성과를 내는? 그런 게 조금 어색한 것 같아요. 같이 즐겁게 얘기할 수는 있어도 그 사람을 진짜 편하게 느끼지는 못하는 것 같거든요. 그래서 중고등학교 때는 아니더라도 최소한 대학생 초반에는 많은 사람들을 만나고 다녔으면 좋았겠다는 생각이 들어요.

요즘 일은 어때요?

제가 아직 일을 완전히 파악하지는 못했는데 생각보다 더 재미가 없어요. 행정 업무에서 재미를 기대한 건 아니지만 막상 와 보니 진짜 반복되는 행정, 필요한 걸 채워 넣는 업무만 해야 되더라고요. 그리고 분위기가 너무 보수적이고 조용해요. 옷도 딱 정석대로만 입어야 되고 출근도 8시에 해야 되고 정시퇴근 당연히 못하고요.

원래 규정은 9시부터 6시죠?

네, 원래는 9시부터 6시죠. 근데 아무도 퇴근을 안 해요. 다른 사람들은 실제 일이 많은 것 같은데 일단 저는 일이 없거든요. 눈치 보느라고 못 가죠. (웃음) 약속 있으면 먼저 가도 된다고 하기는 하는데 맨날 약속 있다고 할 수는 없으니까요. 그런 암묵적인 규칙들이 많아요. 조직이 되게 올드하고 비합리적으로 돌아가는 느낌이에요. 또 실적 가점이라고 해서 그걸 쌓아야 승진하는데 그것 때문에 서로 뺏고 이런 것도 많이 보여요. 그래서 요즘은 '일 당장 그만두고 싶다' 이런 건 전혀 아닌데 그냥 '이제 어떻게 살아야 될까?' 이런 생각을 해요. 직장이 안정적이라고 그냥 다니기는 좀 그렇고 일을 하면서 다른 걸 더 배우고 싶어요. 코딩도 배워 보고 싶고, 영어나 중국어 공부를 더 해서 대학원에 가서 번역일을 해 보고 싶기도 하고요. 그래서 외대 통번역 대학원을 관심있게 보는 중이에요. 지금 당장은 업무 파악하고 적응하는 게 급하지만 1년 내에 준비를 시작해 보고 싶어요.

한국에서 20대로 살면서 사회에 문제의식을 느끼는 것들이나 개선되었으면 하는 게 있나요?

저는 우리나라 교육이 개선되었으면 좋겠는데, 그게 한순간에 바뀌기는 진짜 너무 어려운 일인 것 같아요. 지금 중고등학교에서는 거의 대입 위주의 교육만 이루어지고 있고 학생들이 대학을 가려는 이유도 다른 게 아니라 직업을 가지기 위함이잖아요. 근데 이게 정말 큰 문제고 교육부에서 장기적인 계획을 세워서 실행해야 되는 건 맞는데 사실 이건 너무 많은 이해관계가 얽혀 있어서 바뀌기가 참 힘들 것 같거든요. 그리고 저도 중고등학교 다닐 때는 우리나라 교육에 진짜 문제가 있고 이걸 바꾸고 싶다는 생각을 했었는데 지금 와서는 저랑 너무 관련이 없으니까 신경을 안 쓰게 되더라고요. 너무 비현실적으로 느껴져서 어디서부터 손을 댈 수 있을지 모르겠기도 하고요… 그래도 아무튼 이런 교육이, 학생들이 다양한 적성을 찾을 수 있도록 바뀌었으면 좋겠어요.

20대를 이해하고 싶은 기성세대에게 해 주고 싶은 말이 있나요?

50~60대 친척 어른들 보면서 느끼는 건 눈에 보여지는 걸 진짜 중요하게 생각하는 것 같아요. 사실 제가 지금 와서 생각해 봐도 공무원이 평생직장이기는 해도 그렇게 메리트가 있는 직업은 아닌 것 같거든요. 근데 어른들은 되게 좋게 생각하잖아요. 그리고 제가 7급 붙은

이후에도 "이제 일하면서 5급 준비하면 되겠다" 이런 얘기를 저한테 엄청 하는 거예요. 저는 그런 얘기 듣는 게 되게 싫었어요. 아니 5급을 준비하고 싶으면 자기가 하면 되지 왜 계속 나한테 하라고 그러나. 제가 뭘 하고 싶고 뭘 즐겁게 할 수 있는지 그런 거에 별로 관심이 없고 그냥 계속 보여지는 거에 큰 가치를 두는 것 같아요. 그러지 말고 그냥 저 사람이 원하는 게 뭔지 왜 그걸 원하는지 궁금해해 줬으면 좋겠어요. 직업 외적인 부분에서도 마찬가지로요. 다 각자의 이유가 있을 테니까요.

하세강

제 인생에서 중국 혹은 대만이라고 한다면 딱 그런 느낌이에요. 분묘 같은 거 키우면 '이렇게 자랐으면 좋겠다' 하고 철심같은 거로 묶어 놓잖아요. 그런 느낌이에요. 화교가 뿌리라고는 말 못하겠어요. 왜냐하면 저는 한국에서 태어나서 한국어를 쓰는 가정에서 자랐고 14살까지 한국의 교육과정을 밟았으니까요. 근데 그렇게 철심에 맞춰 자라기를 처음이 아닌 중간과정부터 겪다 보니까 이런 식으로 조금 혼란스럽게 큰 것 같아요.

7. 하세강

안녕하세요 세강 씨. 간단한 자기소개랑 요즘 뭐하고 지내시는지 들려주세요.

안녕하세요. 저는 성균관대학교 중어중문학과 4학년 하세강이라고 합니다. 대만이랑 한국 사이에 태어난 혼혈인이고요, 중국어랑 중국문학 쪽 공부하고 있습니다.

인생에서 감사하게 생각하며 살아가고 있는 것이 있나요?

마냥 감사하다고만 할 수는 없는 것이긴 한데요, 그래도 지금의 저를 있게 해 준 것들에 감사해요. 예를 들면 저는 중국어 공부를 하기 싫었는데 화교이기 때문에 해야 됐어요. 그리고 그렇게 중국어 공부를 해서 결국 지금의 제가 됐어요. 그런 점에 감사하고 있습니다.

그리고 저희 부모님이 자식에 대한 사랑이 굉장히 깊었던 것 같아요. 특히 제 삶이 아빠와 굉장히 밀접하거든요. 좋은 것 나쁜 것 다 겪어 보고 판단은 스스로 해라. 어릴 때부터 아빠한테 항상 들었던 말이에요. 솔직히 말해서 제가 살아가면서 자발적으로 나쁜 것을 하기도 하고 타의적으로 좋은 것을 하기도 해요. 근데 아빠한테 그 말을 25년을 넘게 들으면서 스스로 판단하는 법을 배우다 보니까 나쁜 길로 빠질 뻔한 적이 있었는데도 지금 이렇게 썩 나쁘지 않게 살고 있는 것 같아요. 이런 것들을 생각해 보면 전 제가 굉장히 유복한 가정환경에서 자랐다고 생각합니다. 그게 감사하죠. 그리고 그런 환경 속에서 자라다 보니까, 막 남매들 싸우고 자란다고 하잖아요, 저희도 싸우기는 싸우지만 밖에서 모르는 사람이 보면 커플로 볼 정도로 굉장히 친해요. 서로 의지를 많이 하고. 아 제 입으로 말하니까 미안하네요 동생한테.

10년 전의 자신에게 해 주고 싶은 말이 있나요?

음 선택과 집중을 하라고 말해 주고 싶어요. 지금 제가 지키고 있는 몇 안 되는 신념? 중 하나인데 10년만 더 빨리 알았더라면 지금보다 상황이 낫지 않을까 싶어요. 이거는 일단 욕심입니다. 선택을 한다는 것 자체가 스스로에 대한 확신이 있어야 되는데 10년 전이면 제가 중학생 때고 그때는 저의 자아나 이런 게 미숙했던 것 같거든요. 그래도 그걸 빨리 알았다면 뭐 누구나 다 마찬가지겠지만 상황이 현재보다 낫지 않을까… 그렇게 생각합니다.

세강 씨의 인생스토리를 들려 주세요.

제가 가지고 있는 최초의 기억은 4살 때 YMCA유치원, 그 아기 유치원 스포츠단에서 간 '아빠와 나' 캠프예요. 아빠 말로는 애들이 다 친구들이랑 놀고 있을 때 저는 혼자서 계곡 아래에 내려가서 꽃을 구경하고 있었다고 해요. 물론 그때의 자세한 기억은 아빠에 의한 기억이긴 한데 그렇게 얘기를 듣다 보니까 풍경이 떠오르는 식으로 기억이 나요. 그게 제 최초의 기억이에요.

그리고 초등학교 때. 제가 화교라고는 했지만 제가 화교인 걸 알게 된 건 14살, 중학교 1학년 때입니다. 초등학교 때까지는 좀 뭐랄까 국적이 한국이 아니라는 거 정도는 알고 있었는데 신경을 안 썼어요. 왜냐면 남들이랑 전혀 다를 거 없이 똑같은 환경에서 똑같이 생활했거든요. 생긴 게 다른 것도 아니고 말투가 다른 것도 아니고 학교가 다른 것도 아니고. 물론 나중에 사춘기를 겪으면서, 또 외국인 학교로 진학을 하고 외국어 공부를 하면서 그때부터 진짜 혼란기를 겪긴 했지만, 저도 초등학교 때까지는 여느 평범한 초등학생이랑 다 똑같았다고 얘기할 수 있을 것 같습니다. 그냥 학교 가고, 끝나면 집에 오거나 친구들이랑 축구하고. 뭐 그런 식으로 그냥 아주 평범하게 지냈어요. 학교생활도 평범했고요.

근데 중학교 때가 참. 이때가 제 인생의 반환점인데, 중학교 1학년까지 일반 학교를 다니다가 2학년으로 올라가는 시기에 화교 학교로 재입학을 하게 됐어요. 1학년 다 끝나고 겨울방학쯤에 엄마가 저한테 얘기를 하신 거예요. '국적에 대해서 어떻게 생각하냐'로 시작해서 '학교를 옮기는 게 어떻겠냐', '어쩌면 네가 적응을 못 할 수도 있다' 그런 말들을 하셨던 것 같아요. 근데 그때 뭘 잘 모르고 대충 대답을 한 데에 기반해서 저는 결국 화교 학교를 가게 됐고 지금 이렇게 된 거죠.

부모님은 왜 원하셨어요?

일단 제가 공부를 너무 안 했어요. (웃음) 그래서였던 것 같아요. 왜냐면 저는 20살 넘어서 알았는데 대입 외국인 전형이 두 가지가 있더라구요. 외국에서 3년 이상 교육과정을 밟거나, 한국에서 외국인 교육과정을 6년 이상 밟거나. 그래서 제가 15살에 다시 중학교 1학년으로 입학해서 6년을 다닌 거죠. 솔직히 한국인 입장에서 보면 엄연히 꼼수나 다름없긴 한데, 사실상 제가 그런 태생이기도 하고, 그런 편법 아닌 편법을… 쓰게 된 거죠 솔직히 말하면. 근데 그때의 저는 대입은 물론 외국인 학교라는 이해도 없었고 그냥 학교를 옮긴다는 얘기까지 듣고 옮긴 거였는데 알고 보니까 그런 학교였던 거예요.

그렇게 화교학교에 들어가게 되면서부터 제가 화교라는 자각을 하기 시작했고 그때부터 중국어 공부를 하기 시작했어요. 학교는 모든 학년에 반이 한 개씩 있었는데 제가 들어간 반에는 저보다 한 살 어린 친구들이 5명 있었어요. 그래서 중고등학교 다 합쳐서 반이 6개고 전교생은 50명이 안되는 학교였어요. 수업은 어땠냐면 선생님이 중국어로 뭐라고 뭐라고 하시는데 그게 표준 중국어도 아니다 보니까 전혀 알아들을 수가 없는 거예요.

표준 중국어가 아니라니요?

선생님들이 광동어라고 해서 중국 남방 사투리를 쓴 거예요. 그 이유는 화교 사회 전반에 얽힌 조금 깊은 이야기인데 화교에 대해서 간략히 설명 드려도 될까요?

네, 그럼요.

네. 음, 일단 역사적으로 1940년대 후반에 중국 대륙에서 국민당하고 공산당 사이에 내전이 있었는데 그 당시 장제스를 주축으로 한 국민당이 패배를 했어요. 그래서 패배한 장제스 일당이 본토를 떠나고 타이완이라는 섬에 가서 정부를 수립했는데, 그렇게 설립된 나라가 지금의 중화민국인 대만이에요. 그리고 당시 내전에서 승리한 공산당이 현재의 중화인민공화국인 중국이고요. 그리고 그 전쟁 통에 중국에서 한국으로 넘어온 사람들이 있는데, 그 사람들과 그 사람들의 후예가 현재의 대만 국적을 가진 화교들이에요. 저희 할머니 할아버지가 그때 넘어온 사람들이고, 저희 부모님과 제가 그 후예인 거죠.

음, 그런데 이 화교를 구분하는 기준은 학계 내에서도 조금씩 다르게 얘기되기 때문에 이게 화교에 대한 정확한 정의나 범위라고 할 수는 없어요. 아는 교수님께 여쭤봤더니 그 교수님께서는 현재의 중화인민공화국이 설립되고 난 이후에 중국에서 한국으로 넘어온 사람들은 화교가 아니라 중국인으로 보는 게 맞다고 하시더라고요.

그런데 화교 사회가 형성되던 시기가 한국이 분단을 하게 되던 시기라서 당시 화교 사회는 굉장히 고립된 채 형성됐었고 그게 계속 이어졌어요. 그래서 저희 할머니 할아버지 같은 화교 첫 세대 분들의 특징이 표준 중국어가 아닌 광동어 같은 남방 지역 사투리를 많이 쓴다는 건데 그 사투리가 계속 이어져서 제 선생님 세대까지도 이어진 거죠.

문제는 화교들이 세대를 거듭할수록 한국 쪽에 가까워지고 특히 저 같은 경우는 한국어를 쓰는 가정에서 자랐고 중학교 1학년까지 일반 학교를 다녔으니까 한국어가 훨씬 익숙하단 말이에요. 선생님이 표준 중국어로 수업을 해도 어려운 게 당연한데 심지어 사투리로 수업을 하니까 전혀 알아들을 수가 없는 거죠. 방언이 중국에서는 외국어 정도로 취급되거든요. 말을 알아들을 수가 없어요. 탐라국 시절 말처럼. 이게 무슨 느낌이냐면 고려인들이 러시아에 진출해서 쓰는 말 정도의 느낌이에요. 억양이 이상한데 그렇다고 조선인 같은 것도 아니고. 고려시대 말 그대로 쓰고 있잖아요. 그런 느낌이에요.

진짜 독특한 경우네요.

네, 학교에서 그런 사투리를 쓰다 보니까 1년 동안은 선생님이 제 이름 부르는지도 몰랐고, 2년째 됐을 때는 저를 부르는 것까지는 알겠는데 수업이 어떻게 진행되는지 몰랐고, 3년째 되던 해에는 중국어를 책으로 아무리 공부해도 정작 학교에서 쓰는 말이 무슨 말인지를 모르겠으니까, 공부한 거랑 너무 다르니까 집에서 굉장히 많이 싸웠어요. 이 학교를 왜 다녀야 되냐고 하면서.

그렇게 하다가 중학교가 끝났고 고등학교도 결국 같은 학교를 갔어요. 제가 고등학교 때 처음으로 중국을 갔거든요? 한 달짜리 수학여행이었는데 어지간한 이름있는 도시들은 다 돌아다녔어요. 근데 거기서 보게 되는 것들이 중학교 때 배운 대만식 교육 내용 혹은 사상들이랑 비슷하면서도 너무 다르니까, 언어가 같아서 비슷하다고 느낄 수는 있는데 보는 관점이 완전히 다르다 보니까 받아들이기가 너무 거북한 거예요. 그래서 돌아와서는 수업시간에 그냥 잠만 잤어요. 가끔씩 선생님이 뭐 시키면 자다가 웅얼웅얼하고, 그러다가 수업 끝나고. 그런 식으로 흐리멍덩하게 고등학교 시절을 보냈어요. 제 인생에서 정말 돌아가고 싶은 시기가 고등학교 때예요.

그러고 나서 대학교에 들어왔어요. 중어중문학과를 왔는데, 와서 보니까 여기서 배우는 게 대부분 중고등학교 때 배우던 것들이더라고요. 물론 관점이 다르다는 큰 차이가 있기는 하지만요. 그때 참… 인생이 부조리하게 느껴지는 거예요. 저는 수시, 정시, 문과랑 이과 이런 게 뭔지도 모르고 그냥 들어왔거든요. 근데 한국 애들은 들어오기도 힘들게 들어와가지고 처음 보는 중어중문 내용으로 화교 애들이랑 경쟁을 해야 되는 거잖아요. 또 그중에서도 예외인 중국에서 살다 온 한국애들은 정말 놀면서 공부를 해요. 이런 식으로 지금 저희 학교 학생들 수준 차이가 진짜 천차만별이거든요.

이게 수업 중에 티가 나요. 중어중문학과, 중어를 배우고 중문을 배우거든요. 중문 수업, 이제 고문서나 한국어로 번역을 해야 하는 수업들은 한국인들이 더 잘해요. 그런데 중국어를 배우는 어학계열 수업에서는 화교들이나 중국에서 살다 온 한국인들이 당연히 더 잘한단 말이에요. 물론 사람마다 차이가 있기는 한데 기본적으로 중국에 관심을 가지지 않고 고등학교 과정까지 밟아온 한국인들 입장에서는 단기간에 한자를 배우는 게 그렇게 쉽지는 않을 테니까요. 그래서 애초에 그런 기초적인 차이가 있기 때문에 가끔씩 중국어가 이미 완벽해서 놀면서 학교 다니는 화교들 보면 열심히 하는 사람들 보기가 힘들어요.

여담이지만 이게 또 굉장히 특이해요. 제가 다닌 중고등학교는 교육과정도 대만식이고 선생님들도 모두 대만국적을 가진 화교들이에요. 저는 거기서 교육을 받았고 지금은 대학교 중어중문학과에서 중국어, 중국 문학, 중국 사상을 배워요. 어떨 것 같아요? 대만과 중국. 심지어 태어난 곳은 대한민국 대구예요. (웃음) 중국 문학 배우는데 어려움이 엄청나게 많아요. 저 사람들은 왜 그렇게 생각하는지 이해하기가 절대 쉽지 않아요. 진짜 제가 자라온 환경이, 교과서가 대만 거잖아요, 중국에서 별개로 일어난 일조차도 대만의 관점에서 봤어요. 그런데 지금은 중국의 관점에서 그 모든 것들을 새롭게 보아야 하니까… 혼란스럽죠. 세상에 참 많은 경우가 있고, 경우에도 예외가 있고, 예외에도 예외가 있다는 게 이럴 때 쓰는 말인 것 같아요.

제 인생에서 중국 혹은 대만이라고 한다면 딱 그런 느낌이에요. 분묘같은 거 키우면 '이렇게 자랐으면 좋겠다' 하고 철심같은 거로 묶어놓잖아요. 그런 느낌이에요. 화교가 뿌리라고는 말 못하겠어요. 왜냐면 저는 한국에서 태어나서 한국어를 쓰는 가정에서 자랐고 14살까지 한국의 교육과정을 밟았으니까요. 근데 그렇게 철심에 맞춰 자라기를 처음이 아닌 중간 과정부터 겪다 보니까 이런 식으로 조금 혼란스럽게 큰 것 같아요. 제가 딱 그 정도 인식을 가지고 있는 것 같아요. 제가 만약에 한국 학교를 계속 다니면서 한국 교육과정을 다 밟았다면 적어도 지금의 나는 존재하지 않았겠다? 꽤나 다른 모습으로 살아가고 있겠다? 그렇게 생각이 들어요 요즘은.

한국 학생들 열심히 하는 모습을 보면 부조리함을 느낀다고 하셨는데, 반대로 화교로 살면서 차별 받는다고 느낀 부분은 없었나요?

차별은 아닌데… 솔직히 진짜로 섭섭하게 느끼는 점은 그런 거예요. 일단 저는 외국인이 맞아요. 비행기 탈 때도 외국인 줄에 서고, 이거는 제가 중고등학교 과정을 거치고 대학에 들어오면서 차차 자각을 했어요. 법적으로도 어릴 땐 이중국적이었지만 19살에 한국 국적을 포기했고, 다시 귀화 신청을 하긴 했지만 아직 심사 중이니까 지금 현재 외국인이 맞아요. 근데 제가 만나는 사람들은 전부 한국인이잖아요. 평소엔 사람들이 저를 그냥 한국인으로 받아들이거든요? 근데 중국이랑 관련된 상황에서는 중국인이나 화교로 받아들여요. 일관성이 없단 말이에요, 그 사람들 인식 속에서 저는.

그래서 저를 포함해서 보통 혼혈들이 제일 많이 받는 질문이 '엄마 국가 응원하냐 아빠 국가 응원하냐' 이거예요. 축구나 월드컵 경기 때마다 매번 몇 명씩 카톡이 와요. 연락 안 하던 사람들한테서도 갑자기 와요. 생각이 나나 봐요. (웃음) 이게 참 처음에는 대답하기 힘들었는데 어느 순간부터는 그냥 둘 다 응원을 안 하게 됐어요. 그게 제일 섭섭한 것 같아요. 한국도 지금 저 같은 놈들이 살고 있는 이상 단일민족 국가라고 얘기하기는 힘든데, 그럼에도 불구하고 말하는 것에는 민족주의가 배겨 있거든요. 그게 굉장히 답답하면서도 섭섭하다고 해야 하나… 그래요.

제가 생각하는 건 이래요. 한국에서 3세대로 태어나서 자기 나이만큼 산 사람들은 한국인이나 다름 없어요. 근데 화교의 경우 중국어를 좀 배워서 제2외국어가 중국어다? 딱 이 정도예요. 그냥 국가 개념을 넘어서서 단순하게 친구라고 생각해 주면 좋을 것 같아요. 말 통하면 친구 할 수 있잖아요. (웃음) 이거 외에는 딱히 친구들한테 불편함을 느끼는 건 없어요. 어느 정도까지가 농담인지는 스스로 판단이 가능하니까요.

그래서 결국 제가 하고 싶은 말은 외국인이라는 것을 너무 의식하지 말고 눈에 보이는 사람 그대로를 대해 줬으면 좋겠어요. 그렇게 해주면 저도 지금처럼 외국인으로, 혹은 한국인으로 잘 살아갈 수 있을 것 같아요.

친구들한테 말고는 또 어떤 게 있어요?

음 이것도 한국이 참 특이한 것 같아요. 화교가 분류를 하자면 외국인이나 다름없는데 중국인이 넘어와서 사는 거랑 화교가 넘어와서 사는 거랑 다르게 취급한단 말이에요. 화교는 예외 중의 예외인 케이스에요. 그래서 그런지 외국인 가입도 안 되고 내국인 가입도 안 돼요. 대표적으로 네이버가요.

네이버가요?

네. 그래서 제가 네이버를 못 쓰고 있어요. 네이버 카페든 밴드든 뭐든요. 그리고 네이버가 안 되면 다른 웬만한 것들도 다 안 된다고 보시면 돼요.

또 제가 만약 어느 신체 부위에 이상이 생겼다, 그럼 그때부터 굉장히 복잡해져요. 보험 문제가 아주 골칫거리거든요. 그리고 은행계좌 만들 때, 가족관계증명서? 어머니가 한국 사람이라는 걸 증명하래요. 한국인들이 한국 계좌 만드는 게 어떤지는 모르겠는데 저는 계좌를 몇 개 이상은 못 만들어요. 은행입장에서는 외국인이 만드는 거니까요. 근데 제가 중국에 갔을 때 중국 계좌를 만들어 보려고 했거든요? 그때는 또 대만 국민이 아니라서 못 만들어요. 왜냐면 대만에 산 적이 없어서요. 6개월 이상은 대만이든 중국이든 그쪽에서 거주해야 자국민으로 인정이 되거든요. 아 중국에서는 대만 국민이 곧 중국 국민이에요. 입장이 조금 복잡하긴 하지만 대만을 그냥 잠깐 반항하고 있는 자기 나라라고 생각하거든요. 근데 그렇다고 외국인 계좌도 못 만들어요. 한국인도 아니니까요. 네 아무튼… 중국 이야기로 살짝 샜지만 그런 불편함이 많기는 해요.

솔직히 말해서 제가 지금 대학교 들어온 것도 외국인 전형으로 들어와가지고 소위 말해 '날먹'했다고 많이들 얘기하는데, 네, 맞아요. 날먹한 거 맞는데… 못 먹는 것도 많아요. 한 상 차려져 있으면 남들이 밥이랑 반찬이랑 같이 먹을 때 저는 고기만 먹는 느낌? 사람들은 "넌 고기만 먹네, 좋겠네" 이런 식으로 말하는데… 물론 고기 맛있어요.

근데 고기만 먹으면 어때요, 건강 안 좋아지잖아요. 기름지고 살찌고. 근데 그런 것들까지는 사람들이 생각을 안 하죠. 그냥 고기 맛있으니까 "맛있는 거 너 혼자 다 먹네" 이러는 거잖아요. 저도 밥도 먹고 싶고 반찬도 먹고 싶은데… 비유가 좀 그렇지만 이게 딱 지금 제가 표현하고 싶은 거예요. (웃음)

현재 어떤 목표가 있나요?

음… 일단 대학교 졸업하는 것? 중어중문학과만 벗어나면 그래도 다른 생각들을 조금씩 해 볼 수 있을 것 같거든요. 제가 항상 너무 붙들려 있는 것 같아요. 첫 번째 목표는 그거예요. 두 번째 목표까지는 없어요. 물론 궁극적인 삶의 목표는 잘 먹고 잘사는 것이지만요. 근데 모순적인 목표 하나를 더 가진다면, 그래도 중국어를 잘하고 싶어요. 사실 어차피 한자권 언어를 배워야 한다면 차라리 일본어를 배우고 싶을 정도로 중국어를 싫어하기는 했어요. 근데 이미 이 학과에 들어온 이상 기왕이면 좀 잘하고 싶어요.

중국어가 정말 싫었나 봐요.

맞아요. 중국어가 한때는 진짜 트라우마였어요. 중국 자체를 혐오하기도 했죠. 머릿속에는 한국 관점의 역사가 들어 있고 세계관이 형성되어 있는데 그 상태에서 중국 관점의 것들을 배우려다 보니까 그게 너무 싫은 거예요. 근데 이제는 나이를 먹으면서 그런 것들을 분별할 수 있는 정도가 됐으니까 그래도 말은 배워 봐야 되지 않겠나 해서 중국어 정도는 목표로 삼고 있는 것 같아요.

한국인이 특정 국가에 대해서 안 좋게 인식을 한다? 그것도 한국적이라고 볼 수가 있어요. 중국인들이 중국 공산당을 좋아하는 이유가 뭐겠어요, 중국 정서에 맞게 교육을 받으면서 자랐으니까 당연히 그렇게 생각하는 거잖아요. 저는 지금의 주체성을 가지게 된 계기 중에 하나가 그것인 것 같아요. 한국 교육과정도 밟았고, 대만이랑 중국 교육과정도 밟았기 때문에 세 쪽 다 맛을 본 거잖아요. 적어도 이런 이야기를 할 수 있다는 것 자체가 오히려 그 세 쪽을 다 겪어 보고 혼란에 빠져 봤으니까 가능한 거라고 생각해요.

한국인들이 진짜 어렸을 때부터 중국에 넘어가서 살거나 거기서 일을 하면서 살 게 아닌 이상 중국에 관심을 가지면서 온전한 그들의 입장을 생각해 볼 게 아니잖아요. 지금 홍콩 문제만 봐도 공산당이 왜 홍콩을 안 놓아 주는지 사람들은 이해를 잘 못하잖아요. 그런 식이에요. 그쪽 나라에서는 그 나라만의 사정이 있고 그 나라만의 정서가 있고 그렇게밖에 생각할 수가 없는데 서로 이해를 못 해 주는 거죠.

그런데 지금도 중국어가 좋은 건 아니에요. 그냥 예전의 그런 싫은 감정은 없어졌고 이제 25살이고 하니까 배워 놓으면 어디든지 쓸 데는 있겠지 하고 열심히 해 보려는 거예요. 그냥 살다 보면 뭐라도 되겠지 싶어요. 어차피 현재 목표는 중국어를 좀 잘하는 거나 졸업을 빨리 하는 거 둘 중 하나니까 그냥 현재 목표만 파 보기로 했어요.

중국어라는 게 세강 씨한테 양날의 검 같은 존재네요.

네, 말씀 그대로 정말 양날의 검인 것 같아요. 그래서 저는 굉장히 궁금한 게, 초등학교부터 쭉 화교 학교를 다니고 대학에 와서도 같은 걸 배우고 있는 화교들, 말 그대로 오리지널 3세대 화교들은 어떤 생각을 가지고 살아가는지가 정말 궁금해요. 저는 제가 하기 싫은 걸 억지로 한다는 의식이 있기 때문에 그 사람들이 뭔가 부럽기도 하면서… 아, 맞아요. 제가 부러워서 열등감 때문에 더 심해진 것도 있어요. 너무 쉽게 쉽게 사는 것 같아서 괘씸하게 생각하기도 했거든요. 근데 그 사람들은 제가 모르는 어떤 과정이 있었겠죠. 그래서 많이 궁금해요. 어떤 생각을 가지고 살아가는지. 말그대로 진짜 양날의 검인 것 같아요.

정체성 혼란이 크겠어요.

맞아요. 동아시아에서는 국가 이념이 특히 더 진하기도 해서 이 정체성의 문제가 참. 그래서 방금도 얘기했지만 오리지널 3세대 화교들이 어떻게 생각하는지, 이런 고민을 했을지가 정말 궁금해요. 사실 저는 아직도 혼란 중이에요. 한국에 사니까 한국 국적을 가지고 살아야겠다 싶은데, 지금처럼 이쪽도 저쪽도 아닌 중간으로 사는 것도 나쁘지 않은 것 같고, 대만이 독립에 성공하면 대만 국적 가지고 한국에서 외국인으로 사는 것도 재미있을 것 같고 그래요. 한국에서 한국인으로 사는 건 너무 평범하잖아요. 평범하게 살면 뭐해요, 지금처럼 이 정도 자극이 있어야 계속 이런 생각도 하면서 재미있게 살겠죠. (웃음)

사회에 불만을 느끼는 부분 혹은 개선이 필요하다고 생각하는 점은 무엇인가요?

편견이 너무 많고, 좀 없어져야 될 것 같아요. 그리고 한국은 데모가 일어나면 사소한 문제로 너무 많이 싸우는 것 같아요. 국민들이 자주성이 강해서 일어나는 긍정적인 것일 수 있는데 그래도 그 성향이 너무 짙다 보니까 편가르기도 심해지는 것 같거든요. 물론 제가 봐도 문제제기 자체는 정말 필요해 보여요. 다만 그것으로 인한 여파가 잘못된 방향으로 가는 경우가 종종 있는 것 같아요. 누군가 제 정치성향이나 세계관에 대해 물어서 제가 대답을 하는 순간, 그때부터 이미 그 질문자의 진영에 속하거나 속하지 않는 반대의 진영에 들어가게 되는 느낌이에요. 그게 어찌 보면 강요나 다름 없잖아요. 그래서 제가 느끼기에 한국 사회는 진영 논리가 과잉되었다고 해야 하나? 그런 것에 대해서 고민해 볼 필요가 있는 것 같아요. 뭐 그런 게 사실 저도 한국에서 외국인으로 살지 못하고 한국인으로 살겠다고 선택한 이유죠.

기성세대가 20대를 이해할 수 있도록 도움을 줄 수 있는 말이 있나요?

일단 저는 이렇게 생각해요. 기성세대가 현 세대를 이해할 수는 없다고 생각해요. 부모한테서 부를 물려받는 자식을 흔히 금수저라고 부르잖아요, 근데 지금 20대는 차를 물려받아도 보험금조차 낼 수 없는 지경에 이르렀다는 글을 본 적이 있어요. 이제는 수저를 물려줘도

씹을 줄을 몰라요. 저는 솔직히 그 말을 듣고 공감을 했습니다. 돈이 없고, 돈 벌기가, 취업하기가 너무 힘들어요. 20대를 이해하려면 모든 수입원을 끊고 취업이 얼마나 힘든지 느껴봐야 해요. 20대가 불쌍한 건 확실합니다. (웃음)

인터뷰 질문은 모두 끝났습니다.
마지막으로 '나는 이 말은 꼭 하고 싶다' 하는 게 있나요?

나이, 성별, 국적, 모든 걸 포함해도 이 사회는 돈이 최고인 것 같습니다. (웃음)

김현주

회사 입장에서는 컴활 자격증, 어학 자격증 이런 것도 다 거기서 거기니까 대학을 보는 거라고 생각해요. 조건이 다 비슷하면 대학을 보겠죠. 그러니까 불행하죠. 불안하고. 스펙 하나 더 쌓으려고 대외활동 하고, 스펙 하나 더 쌓으려고 자격증 따고, 스펙 하나 더 쌓으려고 교환학생 가고. 뭐라도 해야 되니까. 다른 사람 한 명 제치려면 내가 뭐 하나라도 더 나은 게 있어야 되니까. 항상, 아등바등.

8.
김현주

안녕하세요 현주 씨, 간단한 자기소개랑
요즘 뭐하고 지내시는지 말씀해 주세요.

네, 안녕하세요. 저는 김현주(가명)이고요 22살이고 대학에서 역사학 전공하고 있습니다. 요즘은 학교 다니면서 대외활동도 같이 하고 있어요.

무슨 대외활동 하고 계세요?

통일 서포터즈라고 해서 통일에 관련한 대외활동이에요. '통일을 해야 한다' 이걸 사람들에게 설득시키는 활동은 아니고 사람들이 통일에 대해 한 번 더 생각해 볼 수 있도록 기회를 제공하는? 그런 취지의 활동입니다. 처음부터 통일에 생각이 있었던 건 아니고 그냥 대외활동 이것저것 알아보다가 들어가게 됐어요.

그렇군요. 전공은 적성에 잘 맞으세요?

아직 잘 맞는지는 모르겠는데 모르는 거 배우면서 알아가는 재미로 다니고 있어요. 다닐 만은 해요. (웃음)

어쩌다가 역사학과에 들어가게 되셨어요?

입학할 때는 그냥 성적 맞춰서 인문학부로 들어왔고요, 저흰 2학년 때 국어국문학과랑 사학과로 나뉘어요. 국어국문 쪽으로도 생각은 해봤는데 제가 약간 발표 같은 거 싫어하고 혼자 조용히 공부하는 타입이거든요. 근데 거긴 발표식 수업이 너무 많고 수업 자체가 좀 활발해야 점수 잘 받는 그런 수업이라서 저랑 안 맞을 것 같더라고요. 근데 사학과는 혼자 외우고 공부하고 과제 잘 내면 되는 학과라서 저랑 더 잘 맞겠다 싶었죠. 그래서 사학과를 선택하게 됐어요.

대학을 다니는 궁극적인 이유는 뭔가요?

음, 진짜 솔직히 말하면 취업하려고 다니는 거죠. 한 90프로 정도는요. 나머지 10프로는 그래도 대학생활? (웃음)

대학생활에 대한 로망?

로망…은 옛날에 있다가 한참 전에 사라졌지만 그래도 고등학교 때까진 시간표 짜여진 대로 살았었는데 대학부터는 조금 더 자유롭다는 거? 그런 게 로망이라면 로망이죠.

살아가면서 감사함을 느끼는 것이 있다면 무엇인가요?

음, 요즘 들어 이런 생각을 많이 하는데… 저도 풍족하게 사는 건 아니지만 집이 경제적으로 어려운 친구들을 보니까 제가 조금은 걱정을 덜 하면서 살고 있구나… 싶고 이런 게 감사하다면 감사한 것 같아요. 알바를 두세 탕씩 뛰면서 학교 다니는 친구들을 보니까 내가 하고 싶은 거 하고 사고 싶은 거 사는 게 당연한 게 아니라는 생각이 들었거든요. 고등학교 때까진 친구들의 환경이 비슷비슷했는데 대학교 오니까 정말 다양한 사람들이 있고 가정형편도 각자 다 다르니까 그게 많이 느껴졌어요. 흠… 근데 이게 감사하다고 표현할 수 있는 건지는 다시 한 번 생각해 봐야겠어요.

10년 전의 자신에게 해 주고 싶은 말이 있나요?

10년 전이면 제가 초등학교 5학년인데 저는 무슨 말을 해 주고 싶냐면… 그냥 좀 자신감 있게 살았으면 좋겠다? 하고 싶은 거 하면서 자신감 있게 살아라 꼭…

왜 그 말이 해 주고 싶어요?

그냥 옛날부터 자기표현을 안 하다 보니까 이게 습관이 돼서 아직까지도 저의 생각이나 감정을 표현하는 게 서투른 것 같아요. 그래서 지금도 이게 저의 고치고 싶은 부분이에요. 물론 지금은 예전보단 낫죠. 흠 더 나아져야 되는데… 몇 년 전까지만 해도 선생님한테 무슨 말 하기 전에 어떻게 얘기할지 고민하고 걱정하고 그랬어요.

왜 그랬던 것 같아요?

솔직히 좀 부딪히기가 싫어서? '부딪혀서라도 깨야 된다' 이런 게 있어야 되는데 부딪혀 봤자 서로 감정만 상할 것 같은 느낌에 '이게 의미가 있나?' 하면서 매번 똑같이 지낸 거죠. 환경적인 요인도 조금 작용했던 것 같아요. 옛날에 엄마랑 아빠가 싸우면 아빠는 막 뭐라고 하는데 엄마는 뭐라고 하지 않았거든요. 자기 감정 표현 안 하고 혼자 삭이고. 그게 제가 어릴 때 본 엄마고 제가 그걸 좀 닮은 것 같아요. 근데 또 사회가 바뀌어서 그런 건지는 모르겠는데 엄마가 지금은 예전하고 많이 달라요. 충분히 감정 표현 하고 화낼 때는 화내고 그래요. 아, 그리고 환경적인 요인 한 가지를 더 뽑자면 부모님이 저를 항상 통제하려고 했달까요? 그것도 한몫 한 것 같아요.

집이 보수적이었어요?

네, 많이 그랬죠. 독서실 갔다 왔다고 맞았어요. (웃음) 중학교 때 수학학원 끝나고 집에 오는 길에 독서실이 너무 가 보고 싶은 거예요. 평소에 엄마가 너는 그런 사람 많은 데서 공부할 애가 아니라고 못 가게 했거든요. 근데 그날은 너무 가 보고 싶으니까 엄마한테 학원 늦게 끝난다고 거짓말을 하고 그냥 갔어요. 가서 공부 좀 하고 나왔는데 그 사이에 엄마가 학원에 전화를 한 거예요. 수업 끝났다는 걸 들은 거죠. 즉 들킨 거죠. 그날 진짜 종아리를 엄청나게 맞았어요. 회초리 하나가

부러졌어요. 제가 거짓말한 건 잘못한 게 맞는데… 그래도 독서실 가서 공부한 거잖아요. 근데 엄마는… 글쎄요 거짓말한 거 때문에 화가 난 거겠죠? 하하하 독서실에 가서 맞다니. 근데 더 웃긴 건 고등학교 때는 독서실 안 갔다고 맞았어요. 고등학교 올라가니까 "너 이제 독서실 가야 된다. 가라. 가서 공부해라" 이랬거든요. 안 가면 혼나고. (웃음)

약간 엄마아빠는… 나에게 자유를 주는데, 분명히 준다고 말하고 있는데, 반강제적인 자유를 줬죠. "너 자유롭게 해. 너 맘대로 해" 이러면서 그 뒤에 "근데 이렇게 했으면 좋겠어" 이런 말을 붙이는 거죠. 그럼 저는 그 뒤에 걸 따르게 되는 거죠. 하 진짜 마음대로 했어야 됐는데… (웃음)

요즘은 안 그러세요?

하하 지금도 그래요 사실. 고등학생 때보단 낫지만요. 이걸 깨려면 집안을 한 번 뒤집어 엎어야 돼요. 진짜 큰 사건 하나 정도는 있어야 변할 거예요. 뭐 제가 핸드폰을 끄고 외박을 한다든가 해서 실종신고 한 번 해 보고, 경찰도 한 번 불러봐야, 그 정도는 해 봐야 '아 우리가 얘를 너무 잡았나?' 이 생각을 할 거 같은데… 모르겠어요. 하 정말 왜 그러는지 모르겠어요. 분명 통금시간이 11신데 그전에 연락이 한 번이라도 안 되면 난리가 나요.

전에 한 번은 제가 남자친구랑 있느라고 하루 종일 연락을 안 했어요. 카톡을 못 봤어요. 그러다가 8시쯤에 카톡을 보니까 엄마가 화가 엄청 나 있는 거예요. 너 왜 연락 안 하냐고, 왜 카톡 안 보냐고. 부재

중 전화 엄청 와 있고. 그래서 남자친구랑 계속 같이 있느라 핸드폰 못 봤다고 하니까 너 뭘 했길래 그러냐는 거예요. 그때 진짜 그냥 삼청동 돌아다니고 맥주 마시고 그랬는데 엄마는 다른 식으로 생각을 했나 봐요. 그래서 그것 때문에 1주일 동안 대화도 안 했어요.

근데 그 일 때문인지 저번 주였나? 커피 마시고 있는데 엄마가 갑자기 "요즘 모텔 위험하다. 할 거면 콘돔 잘 쓰고 해라" 이렇게 얘기를 하는 거예요. 너무 당황해가지고 커피 뿜으면서 "엄마 나 그런 데 안 가, 그런 거 안 해, 무슨 생각을 하는 거야" 이랬죠. 남자친구랑 사귄 지 500일이 넘었는데. (웃음)

왜요? 엄마가 먼저 말도 꺼냈겠다 그냥 알겠다고 하면 안 돼요?

근데 그렇게 인정하고 나면 문제는… 앞으로 남자친구랑 놀러 나가서 조금만 늦는다 싶으면 분명히 그런 식으로 생각을 할 거고 친구랑 여행가는 것도 다 그렇게 의심할 거고. 지금도 맨날 의심하는데 그게 더 심해질 거 같으니까 저는 그냥 아예 그쪽으로는 얘기를 안 하는 게 나을 거 같다는 판단인 거죠. 그 뒤에 상황이 문제인 거죠. 제 생활이 힘들어질 게 뻔하니까.

평소에 모든 활동을 보고해야 되는 거예요?

많이 줄기는 했는데… 네, 그렇죠. 솔직히 22년간 그래서 그런지는 모르겠는데 부모님한테 내가 어디에 있다 이런 걸 얘기를 안 하면 저 스스로도 불안하다고 해야 되나? 작년까지 그랬어요. 근데 이번 겨울에 변화가 좀 있었어요. 그때가 동생이 연락이 안 돼서 엄마가 화 나

있는 상황이었어요. 그러다가 동생이 들어와서 저랑 둘이 얘기를 하는데 우리가 이런 사소한 것까지 다 보고해야 되나? 우리가 왜? 미성년자도 아닌데? 대화가 이렇게 흐른 거예요. 둘 다 깨달은 거죠. 물론 어느 정도 보고를 할 수는 있다고 생각해요. 부모님이 걱정하니까. 근데 앞으로 사회 나가기까지 3년? 정도밖에 안 남았는데 이건 너무 아닌 것 같은 거죠. 말 그대로 현타가 왔어요. 그래서 결심을 했죠. 보고하는 걸 줄이기로.

변화의 계기가 된 거네요.

네, 그렇죠 커야죠 사람이. 그전까지도 주변 사람들이 계속 그러면 안 된다고 말을 해 줬었는데 역시 사람은 자기가 직접 깨달아야 되는 것 같아요. 누가 옆에서 아무리 얘기를 해 줘도 들리지 않아요. 음… 들리지 않는다라기보다는 듣긴 듣는데 행동으로 옮기기까지가 오래 걸리는 거죠. 이해는 되고 맞는 말인 건 아는데 '내가 이걸 실천할 수 있을까?' 그냥 이렇게 생각하고 한숨만 쉬고 말아요. 근데 스스로 심각함을 느끼면 '아 이건 진짜 시도를 해 봐야겠다' 이런 생각이 드는 거죠.

근데 요즘 10대를 보면 저때보다 훨씬 자유로워 보이고, 행동하는 것도 부모님 말 듣기보다는 자기가 자기 이익 따져서 알아서 잘 행동하는 것 같아요. 부모가 애들을 못 이기는 것 같아요.

왜 그런 것 같아요?

예전에는 인터넷이 지금만큼 활성화돼 있지도 않았고 딱히 새로운 가치관을 접할 곳이 없었잖아요. 근데 요즘은 어딜 가도 부모한테서 들을 건 다 들을 수 있고 그 이상의 것도 얻어낼 수 있으니까 부모의 영향력이 많이 없는 거죠. 부모가 뭐라고 잔소리를 해도 다른 데서 들은 말들이 많으니까 그만큼 반박할 근거들도 많을 거고. 그럼 부모도 '아 그렇게도 생각할 수 있겠구나…' 하면서 아이를 인정하게 되는 거겠죠. 장래희망 얘기하는 것만 봐도 저 어릴 때까지는 의사, 선생님 이런 거 말하는 게 당연했는데 요즘은 그렇지가 않잖아요. 직업도 워낙 다양해졌고 길이 무수히 많으니까. 또 그런 다양한 곳의 사람들의 이야기도 쉽게 접할 수 있고.

현주 씨의 인생스토리를 들려주세요.

저는 엄마가 저를 낳고 얼마 안돼서 회사를 가야 했어서 강원도 할머니 집에 맡겨졌었어요. 거기서 2년 정도 있다가 서울 집에 왔는데 음, 생각해 보니까 그때부터 지금까지 이 동네에 20년 넘게 토박이로 살았네요. 유치원 때는 어른들한테 예쁨을 많이 받고 자랐어요. 엄청 당찼거든요. 친구 사귀는 것도 잘했고. 그리고 유치원 애들 거의 다 같은 초등학교에 왔어요. 그래서 다 알던 친구들이니까 그때도 친구 문제 없이 잘 놀았고, 음 저는 놀이터에서 많이 뛰어 놀기도 했는데 학원도 많이 다녀가지고… 영어, 태권도, 피아노 다 다녔어요. 주판학원도 다니고 서예학원도 다니고 플루트, 미술 등등 진짜 학원이란 학원은 다 다닌 것 같아요. 다 조금씩 다니긴 했는데, 아무튼 초등학교 때 그렇게 바쁜 나날들을 보냈어요. 학교 끝나고 방과후 하고 태권도 갔다가 미술 갔다가 그러다 집에 오면 9시였어요.

그런 식으로 종목만 바뀐 거예요?

네, 그렇죠. 태권도 그만두면 딱 그 자리에 서예 넣고 하면서 절대 공백을 남기지 않았죠. 그래서 중학교 때 엄마가 엄청 뭐라고 했어요. 넌 초등학교 때보다 한가하게 산다고. (웃음)

중학교를 올라 왔는데 중학교도 또 같은 초등학교 애들이 많이 와서 그 애들이 그 애들인 거죠. 근데 1학년 때는 어떤 되게 이상한 애를 만나서 제 인생이 좀 꼬일 뻔했어요.

왜요 어땠는데요?

지금은 기억이 가물가물하긴 한데… 저희 중학교가 애들끼리 따돌리는 분위기가 너무 심해서 저도 한 번 그 표적이 됐었어요. 그래서 걔랑 걔 친구들이 저를 따돌리고 놀았는데 반에 하도 저처럼 당한 애들이 많아서 되려 걔네가 욕을 먹으면서 전세가 좀 역전이 된 거죠. 그래서 저는 그나마 그렇게 큰일 없이 마무리가 됐어요.

근데 저 말고 걔한테 따돌림 당한 다른 애들은, 진짜 아… 엄청 심각했어요. 한 번은 점심시간에 밥 먹고 와서 보니까 그 따돌림 당하는 애 자리에다가 물을 다 부어 놓은 거예요. 심지어 그 애 들어오니까 또 보란 듯이 책가방에 물 붓고 그 가방을 재활용통에 넣어요. 반 애들 다같이 그만하라고 하니까 그제서야 그만하고… 그리고 저희 운동장이 인공잔디라서 검은색 고무 같은 게 많았거든요? 체육시간에 그걸 플라잉 디스크에 주워 담아서 애 머리에다가 뿌리는 거예요. 하… 사람이 너무 못되었어요 정말. 진짜 살면서 개보다 못된 애를 본 적이 없어요.

저는 그나마 나중에 좋은 친구 두 명을 사귀어가지고 셋이 매일 붙어 다니면서 무난하게 학교생활을 마무리했는데… 그때 걔네 아니었으면 정말 힘들었을 거예요. 아 진짜 전 정말 잘했다고 생각해요. 잘 살아남았다고 생각해요. 진짜로 제 자신에게 대단하다는 말을 해 주고 싶어요. 정말 동물의 왕국 서바이벌 중학교였어서. 중학교 때 그렇게 왕따도 당해 보고 또 진짜 친한 친구들이랑도 지내 보고 하면서 깨달은 게, 친구는 정말 많이 사귈 필요 없이 진짜 좋은 사람 몇 명을 깊게 사귀는 게 낫다는 거예요. 그래서 고등학교 대학교 때는 친구 사귀는 거에 목숨을 안 걸었던 것 같아요. 그냥 나한테 다가오는 앤데 괜찮은 애면, 그리고 뭐랄까 같이 있으면 행복하고 좋은 그런 사람들 있잖아요, 그런 사람들이랑만 지내려고 했던 것 같아요.

그러고 나서 고등학교에 갔죠. 시우라는 친구를 만났어요. 그 친구의 첫인상은 정말 예뻤고 정말 무서웠어요. 빨간색으로 염색한 그 모습이 대학생인가 고등학생인가… 아무튼 그 친구랑 많이 친해졌고 엄청 붙어 다녔어요. 3년 내내. 밥 먹고 야자실 몰래 들어가서 에어컨 쐬고 수업 시간에 몰래 나와서 화장실에서 놀고.

땡땡이 친 거네요? (웃음)

땡땡이는 아닌데 수업 절반 지나서 들어가고 그랬어요. 그때 심장이 얼마나 쫄렸는데요. 저는 막 들어가자 그러는데 친구가 "괜찮아 괜찮아 선생님 모르셔" 이래요. 그럼 또 제가 "아니 근데 지금 시간이… 우리 45분에 종 치는데 지금 20분이 지났어" 이러는데 친구는 "괜찮아 괜찮아 쌤 어차피 아셔" 이러는 거예요!

뭐하고 놀았어요?

진짜 딱히 뭐 안 했거든요? 그냥 둘 다 할 말이 어찌나 많은지 맨날 떠들었어요. 점심시간에는 쌤들 없는 데 가서 지금으로 치면 브이로그같은 거 찍으면서 놀고. 아 미래의 나에게 보내는 영상편지 많이 찍었어요. 가끔은 그러다가 핸드폰 걸려서 한 달 뺏기고. (웃음) 저는 그래서 그때 일탈이라는 걸 처음 해 봤고 그냥 너무 즐거웠어요. 고등학교 때 진짜 재미있게 놀았어요.

고2 때 담임선생님을 만나가지고 공부하게 된 것도 있어요. 저희가 교무실에 많이 갔거든요. 교무실에 수업 질문 있어서 가는 게 아니라 저흰 절대 그럴 일이 없었고 항상 선생님 보러 갔어요. 쌤들이 다 젊어서 친해가지고요. 근데 솔직히 말해서 저보다는 시우 친한 쌤들 보러 간 거였거든요. 그래서 교무실에서 시우가 다른 쌤이랑 놀고 있으면 담임쌤이 저를 불러요. "너 일로와 너 일로와" 해서 가면 "너 왜 왔어" 이러고 "그냥요…" 이러면서 웃으면 "너 요즘 미술은 어쩌고 있어 공부는 어쩌고 있어" 이러면서 잔소리를 엄청 했어요. 하하 그런 식으로 그 쌤이 저를 조금 더 공부하게 만들었어요.

그리고 중학교 3학년 때 별 생각 없이 미술학원을 등록했었는데 그게 이어져서 대학 입시까지 가게 됐어요. 그래서 학교 끝나면 항상 미술학원을 갔고 미술학원 안 가는 날에는 영어나 수학학원을 갔어요. 학원 끝나고 집에 오면 10시가 좀 넘는데 그때부터 과외를 하기도 하고… 육체적으로 많이 힘들었죠. 정신적으로도 힘들었어요. 미술학원에서 주기적으로 시험을 보는데 실기가 단번에 느는 게 아니니까 좋지 않은 결과를 받고, 까이고… 그럴 때마다 스트레스 받고… 미술이랑 공부를 병행하는 게 되게 힘들었어요. 왜냐면 미대입시라는 게 전에는 공부를 좀 못하고 그림을 좀 잘 그리면 대학을 쉽게 갈 수 있는 그런 형태였는데 딱 제 입시 때부터는 그게 안 되게 돼서 두 마리 토끼를 다 잡아야 됐거든요. 그게 많이 벅찼어요. 그래서 고3 때 미술학원을 더 하드한 곳으로 옮겼는데… 그림 그리면서 운 건 그때가 처음이었어요. 물론 학원에서 말고 집에서 울었죠. 하하 스트레스 엄청 받았거든요.

아무튼 그렇게 고등학교 생활을 마치고 입시를 했는데 좋지 않은 성적으로 재수를 하게 됐어요. 재수학원에 갔죠. 갔는데 정말… 레벨테스트를 보러 갔는데… 진짜 깜짝 놀랐어요. 제가 맨 앞에 앉아 있었는데 아는 사람이 이렇게 쓱 지나가는 거예요. 어? 뭐지? 했는데 아니나 다를까 시우더라고요. 와 진짜 둘 다 놀라가지고 서로 얼굴 보면서 말도 못하고 있었죠. 너무 신기했어요. 아무튼 저희는 또 같은 반이 됐고 같이 공부를 열심히 했어요.

그리고 전 학원 과장님 때문에 대학을 갔다고 해도 과언이 아니에요. 과장님이 학생부 종합 써 주고 자소서 봐 주고. 맨날 데스크에 불려갔어요. 왜 어쩌다가 그렇게 친해졌는지는 모르겠는데 처음 시작은 대학상담 때였어요. "어떻게 해야할지 모르겠다. 어딜 써야 되는지도 모르겠다" 이렇게 얘기를 했더니 쌤이 "나중에 한 번 내려와라" 이러시더라고요. 그래서 나중에 진짜 내려갔더니 그때부터 엄청 챙겨 주셨죠.

현주 씨에게 엄청 소중한 분이겠네요.

네, 엄청 소중한 분이죠. 그래서 대학교 가고도 매 생일 때마다 카톡으로 축하인사 드리고 있어요. 대학 붙었을 때 시우한테 연락하고 그 다음에 연락한 사람이 과장님이었어요. 제 인생에서 가장 고마운 어른? 왜냐면 솔직히… 좀 제일 챙겨 받는 느낌을 받았거든요. 내가 뭐라고. 다른 애들도 챙겨 주시긴 했는데 제가 우선순위고 다른 애들은 시간 날 때 봐 주는 그런 느낌이었어요. 자소서를 제가 너무 엉터리로 써가지고 맨날 그거 새벽까지 퇴고해 주시고 저는 아침에 일어나서 그거 읽고 뽑아 가고 그랬어요. 근데 그걸 보름 가까이 했으니까… 그리고 원서 넣을 때도 마지막까지 경쟁률 확인해 주시고, 발표 기간 때도 제가 불안해하니까 "붙을 거야 붙을 거야" 계속 말해 주시고… 제가 대학 가기를 진심으로 바라는 사람 중 한 명이었죠.

아 그리고 저랑 시우는 저희 엄마한테 학원 같이 다니는 걸 끝까지 숨겼어요. 한 번은 학원 앞에 엄마가 와 있는 걸 발견해서 진짜 화장실로 바로 숨었잖아요. 정말 일촉즉발의 상황이었죠. 대박이었어요. 그러다가 대망의 수능날 말씀드렸죠. 사실은 재수학원을 같이 다녔고 같은 반이었다. 월화수목금토일 만났다. 엄마가 맨 처음에 엄청 배신감 느끼셨어요. 너는 어떻게 그러냐고, 그때 만약 알았으면 너 학원 바로 옮겼다고 하면서. 그래서 저도 "엄마, 그러니까 말 안 했지, 내가 미쳤어? 그러니까 말 안 한 거야" 이랬죠. (웃음)

직감적으로 알았군요.

네. 말하면 큰일 난다. 알았죠. 지금은 뭐 다 지났으니까 웃으면서 얘기하는 거고요. (웃음)

모의고사 끝나고 편의점 가서 맥주 마시던 게 생각나네요. 빨대 꼽고.

근데 학원을 일요일에도 갔어요?

일요일이요? 맨날 갔죠. 주말도 의무였어요.

쉬는 날이 없었어요?

없었어요. 빨간 날에도 쉰 적 거의 없었어요. 추석 당일이랑 설 당일? 생각해 보면 진짜 대단한 일 했죠. 근데 시우랑 말로 스트레스 풀면서 다니니까 그거 덕분에 엄청나게 힘들지는 않을 수 있었던 것 같아요. 근데 그것 때문에 엄마가 "너 그때 안 힘들었지?" 이러는데 그건 진짜 아니거든요. 같이 있어서 의지가 됐다는 거지 힘들긴 엄청 힘들었어요. 학원 다니면서 링거 맞기는 처음이었어요.

링거를 맞았어요?

네, 링거 세 번 맞았어요. 조퇴하고 병원 갔다가 다시 들어오고. 6월 모의고사 전이었나? 너무 아파서 학원 건너편에 있는 병원을 갔는데 열이 39도까지 올라갔던 거예요. 그래서 링거를 두 시간 정도 맞고 일어났는데 그래도 열이 안 떨어졌더라고요. 그래서 어떡하지 하다가 일단 학원을 다시 갔어요. 가서 쌤한테 열이 아직 안 떨어졌다고 하니까 집에 가라고 하시더라고요. 그렇게 집에 갔는데… 아 너무 속상했어요. 6월 모의고사라서 정말 중요한 모의고사였거든요. 고3 때랑 재수 때가 인생에서 제일 아팠던 때일 거예요. 자주 많이 아팠어요. 부모님이 의아해하시더라고요. 넌 왜 그렇게 맨날 아프니 하면서.

아무튼 그렇게 재수 생활을 했고 지금의 대학에 왔습니다. (웃음)

소중하게 간직하는 기억이 있나요?

소중한 기억이요? 음… 제가 대학교 붙었을 때 엄마가 울었어요. 거기서 좀 놀랐어요. 엄마가 그렇게 기뻐서 우는 건 처음 봤거든요. 그때가 좀 생각이 나네요. 또 소중한 기억이라기보다는 정말 행복했던 기억으로 하나 떠오르는 게, 호주를 놀러가서 밤에 야경으로 파워브릿지랑 오페라하우스를 보고 있는데 너무 행복한 거예요. 정말 시간이 안 갔으면 좋겠고 그냥 너무 '행복하다…' 그런 느낌이었어요. 또 아까 말한 중학교 친구들 만난 거, 시우 만난 거. 또… 재수학원 간 것도 솔직히 소중했어요. 가서 배운 것도 많고 좋은 사람들도 많이 만났거든요. 진짜 생각해 보면 '아 이때는 다른 거 말고 이거 하기 정말 잘했다' 싶은 게 딱 재수 때예요. 딱 시우랑 같이. 성적을 높였기 때문이라기보다 그냥 그때 그렇게 열심히 했던 게… 그게 되게 저를 많이 변화시킨 큰 경험이었던 것 같아요. 저한테 너무 소중한 경험이에요.

지금의 목표는 무엇인가요?

저는 일단 당장의 목표는 교환학생 붙는 거예요. 붙어서 내년에 중국 가는 거요. 1년 동안 외국 나가서 독립적으로 사는 게 저한테도 좋을 것 같고, 그걸 부모님한테 보여 줘서 신뢰같은 걸 얻고 싶어요. '얘가 이렇게 나가 살아도 별 탈 없이 잘 지내는구나' 하는 믿음이요. 그게 지금의 목표예요. 또 저의 꿈에 대해서 얘기해 본다면 제가 지금 사학과에 와서 한 3년 동안 미술을 못하고 있잖아요. 부모님한테는 미술에 대한 꿈이나 미련 같은 거 없다고 얘기하기는 하지만 솔직히 진짜로 없다고 하기에는 오래 했잖아요. 그래서 미술이랑 역사를 묶어서 역사가 담긴 작품들 전시하는 미술관, 혹은 박물관 그런 쪽으로 취업을 하고 싶어요.

또 진로는 아니지만 그냥 제가 희망하는 삶으로는 지금은 안 될 수도 있지만 '남 눈치 안 보고 살고 싶다' 이런 게 있어요. 시우를 보면서 그런 걸 많이 느껴요. 약간 나대로 산다? 내 생각이 맞다면 그 길로 간다? 자기가 갈 길을 자기가 정하고 그 길을 막 걸어가요. 저도 그런 주체적인 삶을 살고 싶어요. 그래서 결론은~ 교환학생을 가야 한다. 그걸 못하면 저는 유학을 갈 겁니다.

취업이나 진로에 대해 불안감을 느끼시나요?

그럼요. 안 느끼는 사람이 있을까요? 일단 먹고살아야 되니까요. 저희 아빠도 정년퇴임 나이가 다가오고 있고 저도 곧 부모님한테 도움을 줘야 하는 나이니까 취업을 해야죠. 근데 문제는 세상이 너무 각박해요. (웃음) 물론 많이 나아지기는 했지만 아직까지는 능력보다는 대학을 보고 사람을 뽑는 사회라고 생각을 해요. 만약에 공부를 정말 잘하는 사람인데 하필 수능날 삐끗했어요. 그래서 대학을 원래 실력보다 훨씬 낮은 곳으로 갔는데 회사는 대학만 보고 사람을 뽑으면… 억울하죠.

그런 걸 보면 불안하고 이 사회에 화가 나고 그래요. 이게 좀 그 사람의 능력, 인성, 자질 이런 걸 보고 뽑아야 하는데 너무 그렇지가 않으니까요. 근데 또 회사 입장에서는 컴활 자격증, 어학 자격증 이런 것도 다 거기서 거기니까 대학을 보는 거라고 생각해요. 조건이 다 비슷하면 대학을 보겠죠. 그러니까 불행하죠. 불안하고. 스펙 하나 더 쌓으려고 대외활동 하고, 스펙 하나 더 쌓으려고 자격증 따고, 스펙 하나 더 쌓으려고 교환학생 가고. 뭐라도 해야 되니까. 다른 사람 한 명 제치려면 내가 뭐 하나라도 더 나은 게 있어야 되니까. 항상, 아등바등.

박물관에 취직하면 무슨 일 하고 싶어요?

저는 그냥 사무직 하고 싶어요. 솔직히 큐레이터를 제일 하고 싶기는 한데 그때까지 제 성격이 바뀔 수 있을지를 모르겠단 말이죠. 큐레이터는 사람들한테 작품 설명해 주고 그래야 되는데 저는 아직 사람들 앞에서 크게 말하고 주의를 끌고 이러는 게 쉽지 않거든요. 근데 또 모르죠. 제가 중국 가서 많이 변할 수도 있잖아요. 만약에 그렇게 안 된다면 그냥 안정적인 거 하면서 살아야죠. 저는 직업을 고르는 최우선순위가 안정성이거든요. 안정적이고 싶어요. 재미있으면 더 좋지만, 직업에 흥미를 느끼면 더 좋겠지만, 무엇보다 내가 고른 직업을 안정적으로 오래 하고 싶어요.

그래서 아마 대학원을 갈 것 같아요. 박물관 들어가려면 대학원 나오는 게 더 이득이라고 해서요. 아 그럼 몇 살이지… 그게 좀 문제예요. 교환학생을 다녀오면 졸업이 늦어지잖아요. 근데 제가 그 상태에서 대학원을 가면 나이가 하하 27, 28 이렇게 될 텐데 그때부터 또 학예사 자격증 공부를 해야 되니까. 막막해요… 아주 막막해요. 아 정말 공부가 끝이 안 나요. 오늘 아침에 엄마가 저랑 동생한테 "난 너네가 빨리 대학교 졸업하고 취직해서 돈 벌면 좋겠다" 이러는 거예요. 하 엄마… 나도야 나도. 나도 그러고 싶어! (웃음)

중국에 가서 새로운 무언가를 발견할 수도 있죠.

네, 맞아요. 중국에 가서 여러 경험을 하다가 하고 싶은 게 딱 생겨서 대학교 그만두고 중국에 살 수도 있는 거니까요. 그래서 아직 진로를 확실하게 못 정하겠는 게, 교환학생 가서 인생이 달라졌다는 얘기를 정말 많이 들었어요. 교환학생 갔다 온 사람마다 그러더라고요. 그래서 정말 모르겠어요. 갔는데 별다른 게 없으면 그냥 박물관 일 하겠지만, 갔는데 새로운 무언가가 생길 수도 있는 거니까요.

기성세대가 20대를 이해할 수 있도록 도움을 줄 수 있는 말이 있을까요?

음 기성세대인 부모님들께 드리고 싶은 말인데, 자녀들을 본인이 원하는 대로 키우고 싶겠지만 절대 그렇게 되지 않는다고 말씀드리고 싶어요. 나중에 자식들에게서 원망으로 되돌아올 수 있다고요. 자식을 그냥 한 사람으로서 존중해 줬으면 좋겠어요. 자유를 주고. (웃음)

감사의 말

긴 인터뷰 시간 동안 모든 물음에 솔직한 답을 내준 10명의 주인공에게 깊은 감사를 표한다. '지금 만드는 이 책은 당신의 기록장' 정도의 느낌으로 편집에 임하곤 했다. 그렇게 완성한 책을 당신에게 전하는 순간을 기대하며 그 설렘을 동력 삼아 작업을 이어나갔다. 그것이 나의 오만이 아니었기를, 당신에게도 같은 의미로 전달되어 '누군가 선물해 준 소중한 나의 이야기'로 받아들여질 수 있기를 바란다. 하나뿐인 순간과 감정, 생각들을 세상과 함께 나눌 수 있도록 허락해 주어 다시 한번 고맙고, 앞으로의 나날들에 힘찬 응원을 보낸다.

책의 가치를 단번에 인정하고 흔쾌히 금전적 지원을 해 준 성공회대학교에도 크게 감사드린다.

이 책은 '서울시 캠퍼스타운 혁신기술팀창업'의 프로젝트로서
성공회대학과 서울시로부터 지원받아 제작되었다.

스물 말입니다

모든 인터뷰는 2019년 겨울에 진행되었다.